Corona 2021
Beginn einer neuen Welt

Roman

Peter Zimmermann

Bibliografische Information der Deutschen Nationalbibliothek:

Die Deutsche Nationalbibliothek verzeichnet diese Publikation in der Deutschen Nationalbibliografie; detaillierte bibliografische Daten sind im Internet über http://dnb.dnb.de abrufbar.

©2020 Peter Zimmermann   www.alisya-roman.com
Autor: Peter Zimmermann
Lektorat: Dr. Margarete Bründl
Herstellung und Verlag: BoD – Books on Demand, Norderstedt.
ISBN: 9783752645002

Inhalt

Der folgende Roman ist frei erfunden, jede Übereinstimmung mit realen Entwicklungen, Situationen und Personen ist rein zufällig. Daher übernehmen der Autor und der Verlag keinerlei Haftung.

Vorwort

„Zwei Dinge sind unendlich, das Universum und die menschliche Dummheit, aber bei dem Universum bin ich mir noch nicht ganz sicher.“ Albert Einstein

Ich teile nicht ganz Einsteins Meinung. Dummheit würde ich gerne durch Unwissenheit und mangelnde Bewusstseinsentwicklung ersetzen. Die Menschheit ist aus meiner Perspektive an einem Punkt angelangt, an dem eine Transformation der Lebensformen stattfinden sollte. Darüber habe ich nachgedacht, darüber habe ich schon in meinen früheren *Fach-Romanen* geschrieben, da meine Romane immer in einem gesellschaftspolitischen Kontext verfasst wurden.

Das Corona-Jahr 2020 hat eine Adaption von „alten“ Texten mit neuen Erkenntnissen eingefordert. Die Corona-Pandemie ist daher, nach meiner Einschätzung, ein Weckruf, um über gesellschaftliche Entwicklungen nicht „nur“ zu philosophieren, sondern potentiell realisierbare Lösungsansätze anzubieten.

Ich möchte Sie, geehrte Leserin, geehrter Leser, mit den folgenden Seiten auf eine spannende Entdeckungsreise einladen. Die Menschheit braucht meines Erachtens neue Impulse, Ideen und Utopien, um in Zukunft durch ein friedliches Miteinander das Überleben der Spezies Mensch zu ermöglichen.

Ich wünsche Ihnen Gesundheit und eine hoffnungsvolle Zukunft! Peter Zimmermann

Manifest:

Die 10 Angebote für ein Überleben der Menschheit!

1. Wir Menschen lehnen Folter, Gewalt und Tötung von Mitmenschen und anderen Lebewesen ab.

2. Wir Menschen lehnen Missachtung, Bedrohung und Einschüchterung von Mitmenschen ab.

3. Wir Menschen lehnen ab, dass Mitmenschen auf Grund ihrer Hautfarbe, Herkunft, Religion oder sexuellen Orientierung diskriminiert oder verfolgt werden.

4. Wir Menschen lehnen ab, dass Mitmenschen durch Abhängigkeit Ausnützung ihrer Arbeitskraft erfahren.

5. Wir Menschen fordern das Recht auf Freiheit, Frieden, Gerechtigkeit und Solidarität.

6. Wir Menschen fordern das Recht auf Gleichberechtigung, Umverteilung der Güter dieser Erde und ein menschenwürdiges Leben für alle.

7. Wir Menschen fordern das Recht auf kostenfreie Nahrung, auf kostenfreies Wohnen und auf ein selbstbestimmtes Leben an jedem Ort dieser Erde.

8. Wir Menschen verpflichten uns, einander durch Mitgefühl, Zuwendung und Kooperation zu unterstützen, um jeden Ort dieser Erde, frei von Grenzen und Nationalstaaten, lebenswert zu gestalten.

9. Wir Menschen verpflichten uns, auf Augenhöhe

entsprechend unseren Anlagen einen Beitrag zur Erhaltung einer friedvollen Gemeinschaft zu leisten.

10. Wir Menschen verpflichten uns, dass jegliches Handeln und Denken dem Wohle der Gemeinschaft dient, in dem Streben, Schaden an Mitmenschen und der Umwelt abzuwenden.

Dzelardini: Mit dem eingeblendeten *Manifest* auf unserer Video-Wall möchte ich gerne in die Diskussion einsteigen. „Covid-19 kann die Menschheit retten!", haben Sie, Frau Professorin Laszlo in einem TV-Interview etwas provokant behauptet. Dieses, doch sehr ambitionierte *Manifest* sehen Sie, als Basis für ein neues Miteinander, sonst droht die *Selbstauslöschung* der Menschheit. Darüber wollte ich mehr wissen und habe deshalb Sie, Frau Laszlo, in meiner Funktion als Gesundheitsbeauftragte der EU-Health-Organisation zu dieser Gesprächsrunde bei COME-TOGETHER-TV in Brüssel eingeladen.

Der nächste Gast, den ich hier in der Zentrale der EU-Health-Organisation über Video-Konferenz begrüßen darf ist Frau Dr. Maria Morino, sie ist Virologin, Medizinerin aus Mailand und eine ausgewiesene Expertin der Toxikologie. Frau Morino wird uns aufklären, was es denn mit Covid-19 tatsächlich auf sich hat. Schön, dass sie dabei sind, Frau Dr. Morino.

Ein weiterer Gast über Video-Konferenz ist Dr. Alfons Lammer, Psychologe und Bewusstseinsforscher aus Wien. Freue mich sie hier begrüßen zu dürfen, Herr Dr. Lammer.

Ach, ja, mein Name ist Vadrina Dzelardini, ich bin Sozial-wissenschaftlerin und Psychotherapeutin, lebe in Brüssel und Rom.

Frau Laszlo, sie sind weltweit eine der bedeutendsten ÖkonomInnen und ZukunftsforscherInnen, sie unterrichten an mehreren amerikanischen Universitäten zum Thema: *„Die Entwicklung der ökonomischen, ökologischen und sozialen Welt"*.

Viele Projekte zur Eindämmung der Kindersterblichkeit und Gewaltprävention bei Jugendlichen haben Frau Laszlo über die Grenzen der USA bekannt gemacht. Frau Laszlo verweilt oft in Europa, da sie auch in Brüssel den Regie-rungsspitzen vieler europäischer Staaten in Zukunftsfragen beratend zur Seite steht. Bislang hat Frau Laszlo mit ihren Zukunftsprognosen über die gesellschaftspolitische und öko-logische Entwicklung unseres Planeten immer noch ins Schwarze getroffen, wenn ich das so salopp formulieren darf. Dieses Gespräch führen wir in deutscher Sprache, da Frau Laszlo als gebürtige Ungarin lange Zeit auch in Österreich verweilte. Frau Professorin Laszlo, es freut mich besonders, dass sie in Zeiten wie diesen, mitten in der Covid-19-Pande-mie für dieses Gespräch zur Verfügung stehen. Nochmals herzlichen Dank dafür!

Laszlo: Bitte, gerne, wie sind Sie auf mich gekommen Frau Dzelardini?

Dzelardini: Wann ich auf Sie aufmerksam wurde? Nun, ja, es war bei einer Wissenschaftssendung, im TV, wenn ich mich recht erinnere; Sie waren Gast zum Thema: *Zukunft trotz und nach Covid-19*! Als Therapeutin werde ich zurzeit sehr oft mit Zukunftsfragen konfrontiert, die Menschen haben Sorgen, Depressionen, Angst, ja, manche sogar Panikattacken.

Deshalb hatte ich die Idee, mit jemandem Kompetenten für Zukunftsfragen über die soziale, ökonomische und ökologische Entwicklung dieses Planeten zu sprechen. Viele junge Menschen, nicht nur in Europa, machen sich große Sorgen über ihre Zukunft, dass konnten wir auch schon vor Covid-19 beobachten. Darf ich Ihnen als Einleitung gleich eine erste Frage zu dem von Ihnen verfassten *Manifest* stellen?

Wie glauben Sie, Frau Laszlo, wie wollen Sie so ein utopisch anmutendes *Manifest* realisieren? Ich kann mir gut vorstellen, dass da einige Machthaber Widerstand leisten werden – und nicht nur diese! Anders gefragt: Ist die Menschheit für so ein Manifest schon bereit?

Laszlo: Nein, sie ist noch nicht bereit! Wissen Sie, Frau Dzelardini, wir, die Menschheit, stehen heute am Abgrund mit einem klaren – bei vielen Menschen noch unklaren - Blick in die Tiefe. Wenn wir heute keine Utopien und Visionen entwickeln, sind wir morgen einen Schritt weiter. Wollen wir das?

Dzelardini: *Eine sehr elegante Dame, so mein erster Eindruck. Ihr dichtes silbergraues Haar fällt bis zu ihren Schultern und passt gut zu dem kaminroten Kostüm. Auffallend ist, dass kaum Gesichtsfalten zu sehen sind, selbst wenn sie lächelt, was sie übrigens besonders sympathisch erscheinen lässt. Wie auch immer, sie gefällt mir, ich mag sie!*

Laszlo: Lassen Sie mich deshalb ein wenig ausholen: Ich hoffe, dass Frau Morino und Herr Lammer und das interessierte Publikum vor den Fernsehern ein wenig belastbar sind! Warum betone ich das? Es kommt eine sehr, sehr schwere Zeit auf uns alle zu.

Wir, die Menschheit, sind am Beginn einer Heilkrise, wenn sie so wollen. Der Ausblick für danach gibt aber Hoffnung, dass die Menschheit doch noch überlebt, zumindest ein großer Teil.

Unsere Welt, so wie sie die Menschheit gestaltet und verunstaltet hat, muss ich schon sagen, existiert ja noch weit hinter ihren Möglichkeiten. Obwohl dieser Planet die Menschheit und alle Lebewesen gut ernähren könnte, lebt der Großteil der Weltbevölkerung in den letzten Jahrzehnten immer noch in Armut.

Viele Menschen sind eben immer noch sehr Egozentriert, haben noch zu wenig soziale Kompetenz und haben ein eher beschränktes Wissen über die globalen Zusammenhänge. Es geht aber um das *Überleben* der gesamten Menschheit. Wie konnte es so weit kommen?

Wie darf ich Ihnen das erklären? Die Qualität einer Weltgemeinschaft, die wir noch nicht sind, sollte man immer noch daran bewerten, wie sie mit den Armen, den weniger privilegierten Menschen umgeht. So gesehen haben wir in den reichen Ländern seit der Aufklärung nichts dazugelernt. Traurig, sehr traurig!

Dzelardini: Wieso, denken Sie, haben die meisten Politiker die ersten Anzeichen der drohenden Katastrophe, ich meine Migration, Hungersnöte, Klimaveränderung, Finanzkrisen übersehen oder übersehen müssen? Oder wollten die

Mächtigen, die Verantwortlichen, den katastrophalen Zustand dieses Planeten nicht wahrhaben? Und ich will jetzt noch gar nicht von der Covid-19-Pandemie sprechen, dazu kommen wir noch.

Laszlo: Wie blind macht Gier? Die Finanzkrisen, als Gipfel dieser unermesslichen Gier, die vielen Kriege, die Umweltkatastrophen, sie alle wurden ignoriert; und jene, die das Problem erkannten, hatten anscheinend nicht die Macht, um die Notbremse zu ziehen.

Eines gleich vorweg: Die Frauen und die Jugend werden diesen Planeten vor der Apokalypse bewahren! Herr Lammer, Sie verzeihen, aber die Männer haben schon genug Unheil angerichtet, sie können es einfach nicht, das ist unsere Erfahrung. Gier und Machtansprüche vieler Männer haben den Planeten Erde an die Wand gefahren!

Lammer: Sehe ich auch so, Frau Laszlo!

Laszlo: Ihnen glaube ich das sogar! Ja, wo war ich…ja, deshalb wird es auch höchste Zeit, dass die Gleichstellung der Frauen im Arbeitsbereich und der Schutz vor Gewalt gegen Frauen und Kinder endlich Realität wird, aber das ergibt sich von selbst, wenn die richtigen Frauen das Sagen haben. Ja, Frauen und die Jugend an die Macht, so wird es kommen, so muss es kommen!

Das muss man sich einmal vorstellen: Was wurde – und wird ja bis dato - immer noch jahrzehntelang ignoriert! Allein bis zum Jahr 2028, berichten die ForscherInnen der WHO, werden etwa 15 Millionen Menschen weltweit auf Grund von Schadstoffen in der Luft, Gift im Wasser oder im Boden ihr Leben lassen. Wir hätten Covid-19 nicht gebraucht!

Dzelardini: Apropos Wasser: Wasser wird so ab 2030 zum neuen Öl, das klare fließende Gold wird sehr begehrt und hart umkämpft sein, haben Sie Frau Laszlo behauptet. Die Trockenperioden breiteten sich ja jetzt schon immer weiter aus.

Laszlo: So ist es! Wasser wird ein großes Thema. Aber lassen Sie mich vorher noch über anderes reden. Viele Millionen unserer Mitmenschen werden durch Gewalt, Krieg und Ausbeutung bedroht. Allein bei uns in den USA werden wir bis 2025 an die 30 Millionen Drogenabhängige registrieren, der Großteil davon durch Heroin. Dadurch steigt die Zahl der Heroin-Toten auf über 10.000 pro Jahr, das sind mehr Tote, als es Morde und Verkehrsunfälle in diesem Land geben wird. Vor allem die Kombination von Heroin und dem Schmerzmittel Fentanyl wird die Todesrate explosiv erhöhen. Fentanyl ist hundertmal stärker als Morphium. Und warum nahmen viele Menschen dieses Teufelszeug? Die Menschen sind einfach todunglücklich – Covid-19 hat natürlich seinen Anteil an der Statistik der Todesfälle. Der Anstieg durch Selbsttötung wird ja totgeschwiegen. Warum wohl?

The *American Way of Life* hat total versagt, er war reine Illusion. Der Konsumterror macht ja die Menschen nicht glücklicher, das Gegenteil ist der Fall. Wir, die „mächtigen USA", werden wieder einmal in einer großen Depression landen – haben wir doch gut gemacht. Verzeihen Sie meinen Zynismus. Hunger, Durst, Einsamkeit, Verzweiflung und Flucht sind die Pandemien der Zukunft. Covid-19 mahnt uns zur Reflexion. Wenn wir das nicht verstehen, Frau Dzelardini, dann hat sich die Menschheit aufgegeben!

Ich behaupte, dass die Ressourcenverschwendung und

die damit verbundene Zerstörung der Symbiose von Natur und Mensch, die Hauptverursacher von Pandemien sind. Das ist die Botschaft von Covid-19. Dazu komme ich noch später.

Es ist ja zum Verzweifeln, verzeihen Sie … aber da kann einem schon die Galle hochkommen. Die Vereinigten Staaten von Amerika als „Weltmeister" beim Verbrauch von Ressourcen stehen vor der Bankrotterklärung, zum Teil auch durch den selbstverordneten Protektionismus einer *America will be great again-Ideologie*. So ein Schwachsinn!

Ich weiß, Herr Lammer, Sie kennen sich in der Psychopathologie aus, sicher besser als ich. Denn wer mit diesem Bereich vertraut ist, kann feststellen, dass bei vielen Machthabern auf diesem Planeten eine massive narzisstische Persönlichkeitsstörung zu diagnostizieren ist. Jemand mit solchen Persönlichkeitsstörungen ist im hohen Maße therapieresistent, deshalb wäre es sehr naiv anzunehmen, dass solche Menschen jemals humanistische Verhaltenszüge annehmen. In Folge dessen sollte man Menschen mit einer psychopathologischen Indikation nicht an die Macht lassen (wählen), das muss natürlich erst in das Bewusstsein breiterer Bevölkerungsschichten gelangen. Leider wurde das lange Zeit und wird immer noch mangels gesellschaftspolitischer Bildungsinitiativen verabsäumt – warum wohl? Ein knallharter Psychotest für Politiker wäre jetzt angebracht und er wird kommen.

Lammer und das Bewusstsein

Dzelardini: Zum Thema Bewusstseins-Entwicklung kann uns vielleicht Herr Lammer informieren.

Lammer: Ja, gerne! Sich über das SEIN bewusst zu werden ist eine sehr komplexe Angelegenheit, die uns alle betrifft. Ich möchte deshalb etwas ausholen, damit wir und die ZuseherInnen ein Bild vom Bewusstsein bekommen. Vielleicht zu Beginn ein paar Worte über die Differenzierung zwischen einzelnen Bewusstseinsstufen. Sich über etwas bewusst sein kann man auch mit Wissen über das Sein übersetzen. Wir brauchen diese Erkenntnis, um die geistige und soziokulturelle Entwicklung der Menschheit besser verstehen zu können:

Bei den ersten zwei archaisch-magischen Stufen unseres Bewusst-Seins kennzeichnet die erste Stufe den Übergang vom Tier zum Menschen. In der zweiten Stufe – vor etwa 50.000 Jahren – bildeten sich Clans und Stämme, um das Überleben zu sichern. Vom ICH zum WIR in seiner primitivsten Ausformung, könnte man sagen. Der Mensch lebt schicksalsbezogen, seine Antriebe sind eher tierisch motiviert und sehr stark auf sein Ego konzentriert. Ein Verstehen von komplexen Zusammenhängen existiert auf dieser Stufe noch nicht. Wie Frau Laszlo ja schon erwähnt hat, bei einigen Machthabern bis heute noch nicht. Eher oberflächliche Verhaltensmuster bestimmen Ihre Prioritäten. Genussorientierte Lebenshaltung und Fortpflanzung bestimmen den Tagesablauf.

Eine sehr hohe Form von Fremdbestimmung wird auf dieser Stufe akzeptiert. Andere geben den Ton an, sagen mir, was ich zu tun habe. Das Recht des Stärkeren regiert. Auf der Beziehungsebene bestimmt die Instrumentalisierung nach dem Motto: Wer meine Bedürfnisse befriedigt, ist gut für mich! Folgende unreflektierte Gefühlszustände sind vordergründig: Schuld, Ärger, Wut, Hass, Ekel, Kummer, Begehrlichkeit, Scham, Stolz, um nur die wichtigsten zu nennen.

Es folgt die egozentrische Stufe des Bewusstseins: Kinder entwickeln hier ihre ICH-Strukturen. Auf dieser Stufe wehrt man sich schon gegen Abhängigkeit und Unterdrückung. ICH-Stärke und Selbstbewusstsein dürfen sich entwickeln. Das EGO entdeckt seine soziale Resonanz. Rangordnungen in der Gesellschaft sind entscheidend, diese Konditionierung ist prägend. Dadurch wird auch das Geltungsbedürfnis in gesellschaftlichen Rangordnungen entscheidend gefördert. Jemand zu sein, wird wichtig. Es geht um Anerkennung! Abstammungsbezogene soziale Wertperspektiven haben ab dieser Stufe Vorrang. Kleinbürgerliche, städtische wie dörfliche Gedankenmuster sind bestimmend. Hinter dieser konstruierten Welt, bestimmt durch vorgegebene Verhaltensmuster, entsteht durch Verdrängung, Verschiebung und Verleugnung der wahren individuellen Bedürfnisse oft ein neurotisch besetztes Verhalten. Manchmal werden beruflicher Erfolg oder gesellschaftliche Anerkennung zum Motivator. Allgemein werden auf dieser Bewusstseinsstufe solche egozentrischen Verhaltensmuster nicht hinterfragt, eher kopiert. Hier wird oft mit Gewalt reagiert (Mafia, Terror, Krieg), das EGO verteidigt, nicht nur mit Worten.

Wir steigen nun eine Stufe höher und kommen zur absolutistischen Bewusstseinsstufe: Sie definiert Regeln und Gesetze, Werte, Tugenden und Ordnung. Richtig und falsch wird festgelegt. Moralvorstellungen, Traditionen und König-reiche, Nationalstaaten werden etabliert. Ebendiese sollen sich in Zukunft auflösen, aber da kann dann Frau Laszlo kompetenter berichten. Ich habe da meine Bedenken!

Und weiter auf der Leiter des Bewusstseins, hinauf zur rationalen Stufe: Abkehr vom Mystischen, hin zum Rationa-len, zum Diesseits, zur Wissenschaft der Materie; Aufklä-rung und Moderne schaffen einen „neuen Menschen". Hin-terfragen und Erforschen sind die Aufgaben der rationalen, reduktionistischen Wissenschaft. Finanzsysteme und Indust-rien bilden sich. Der Konsum- und Finanzkapitalismus schafft Gewinner und Verlierer durch Ungleichverteilung. Nur wenige stört das, meist „nur" die Verlierer, aber: Sie werden immer mehr! Es herrscht Wettbewerb und der soge-nannte freie Markt. Das EGO wird noch bedeutender.

Gehen wir eine Stufe weiter, zur relativistischen Stufe: Durch viele Kämpfe um Land und Besitz, Kriege (Welt-kriege) bekommt der Ruf nach mehr Gerechtigkeit und Menschlichkeit wieder mehr Gewicht. Die Suche nach den inneren Werten, der Psyche oder Seele, bekommt Aufmerk-samkeit.

Alle Menschen sind gleich, die Menschenwürde ist unan-tastbar, ungeachtet Geschlecht, Hautfarbe, Religion oder möglicher Behinderung. Konsens ist gefragt, ein neues WIR-Gefühl entsteht, Kooperation ist gefragt! Neugier und der Drang nach Erkenntnis sind gefragt.

Das „Geistige" tritt in den Vordergrund. Kritisches Hin-terfragen von Ideologien wird wichtig. Dennoch gibt es noch Polaritätskämpfe: Wer hat Recht? Mein EGO oder mein Gegenüber? Äußere Normen werden ebenfalls hinterfragt. Abnabelung von familiären Mustern, religiösen Zwängen, ideologischer Vereinnahmung kollektiver Muster, Empathie und Aufmerksamkeit gegenüber individuellen Resonanzen, Erkennen des Karma-Prinzips. Was versucht der Mensch auf dieser Stufe noch zu leben?

Der Mensch versucht Souveränität zu leben. Spätestens jetzt trennt sich die Spreu vom Weizen. Wertungsfreies Zuhören und Toleranz werden zu Tugenden. Es gibt nicht viele Menschen, welche diese Tugenden auch leben können. Deshalb ist es von immenser Bedeutung, dass der Bewusstseinsbildung ein wesentlicher Stellenwert zugeschrieben wird. Deshalb sind wir aufgefordert, allen Menschen Bewusstseinsbildung zu vermitteln, sofern dieser Planet weiter existieren soll. Da bin ich ganz bei Frau Laszlo. In diesem Jahrhundert haben wir die Erde ja fast schon an die Wand gefahren. Folgende Haltungen werden auf dieser Bewusstseinsstufe wichtig: Wohlwollen, Neutralität, Demut, Bereitwilligkeit, Akzeptanz, Vertrauen, Gerechtigkeit, Wertschätzung, Vernunft, Freude und … die Liebe natürlich. Beobachtet einmal eure Gesprächspartner, wenn ihr ein wichtiges Anliegen vorbringt. Wie lange hören sie Euch wirklich aufmerksam zu? Wie lange dauert es, bis sie Euch mit ihren eigenen Themen überhäufen? Stoppt die Zeit, Ihr werdet überrascht sein! Warum bin ich wohl Professor geworden? Ich bin gleich durch mit den Bewusstseinsstufen, gleich habt ihr es überstanden. Wir klettern die Leiter noch höher hinauf:

Die systemisch-integrative Stufe ist erreicht: Eine Freiheitssehnsucht entsteht. Menschen auf dieser Stufe sind flexibel, brauchen keine materiellen Symbole, vernetzen sich

18

im Internet, verstehen die Entwicklung der Menschheit auf Basis der Bewusstseinsstufen. Sie halten Paradoxien aus, haben begriffen, dass die Menschheit ein chaotischer Organismus ist, der sich immer weiterentwickelt, eine Eigendynamik besitzt. Flexibilität und Unabhängigkeit sind auf dieser Stufe gefragt. Emotionale Verbundenheit, Achtsamkeit unter den Menschen und ein respektvoller Umgang miteinander werden gelebt. Auf dieser Stufe wird vom EGO-Denken, im Sinne von: e*s geht nur um mich,* endgültig losgelassen und der Weg zu einem höheren kollektiven Bewusstsein vorbereitet. So viel, so gut, klingt doch wunderbar. Wenn dann alle Menschen diese Stufe erklommen haben, leben wir glücklich bis an unser Ende – falls es denn ein gutes Ende gibt. Wir wollen doch alle ewig leben, sagen die in Silicon Valley! Wollen wir das wirklich? Doch das ist eine andere Geschichte!

Dzelardini: Danke vorerst Herr Lammer; ja, Frau Laszlo, Bewusstseinsentwicklung, hoch interessantes Thema, wie sehen Sie diesbezüglich unsere Chancen?

Laszlo: Es wird sehr schwierig, da zurzeit noch das Ego-Denken-und-Handeln ein faires Miteinander verhindert. Deshalb möchte ich zurück zur Bankrotterklärung der USA: Eine Katastrophe, auch für China – China ist ja der größte Gläubiger der USA. China verliert in Zukunft Billionen Dollar, wird aber trotzdem die größte Wirtschafts- und Militärmacht des Planeten. Wobei auch die chinesische Führung den Aufstand ihrer Massen zu spüren bekommen wird, das nur so nebenbei.

Diese starke „Ernüchterung" der USA muss ja irgendwie gedämpft werden. Die enttäuschten Menschen in den USA – und nicht nur in den USA – bekommen riesige Probleme. Die Drogenmafia und der Rechtsextremismus werden auch in Zukunft „Lösungen" anbieten. Mit Suchtkranken lassen sich gute Geschäfte machen, auch bei den Folgekosten, denken Sie nur an die Pharmaindustrie, die vielen Reha- und Psychiatrieanstalten. Wie darf ich Ihnen das erklären? Die Heilsversprechungen des Konsum- und Finanzkapitalismus haben sich ja längst als falsch erwiesen. China und die „linken" Demokraten sind die „neuen" Feindbilder, sagt der Präsident, der muss es ja wissen. Die bildungsfernen Milizen, schwer bewaffnet, sollen sich bereithalten, sagt der gestörte Präsident. Ein Bürgerkrieg in den USA könnte die Krönung sein. **Make Amerika great again!** Verzeihen Sie meine Emotionalität, aber was zurzeit in den USA abläuft, ist brandgefährlich! Präsidenten, die einen Keil in das eigene Volk treiben, soll es in Zukunft nicht mehr geben.

Das Interessante dabei: Die hauptverantwortlichen Politiker im Westen, sie wissen es alle, nur keiner wagt es, Sanktionen gegen die USA zu verhängen. Selbst die Todesstrafe, sie wird in den USA immer noch angewendet, hat keine Konsequenzen. Der Handel steht eben über der Moral! Wissen Sie, Frau Dzelardini, Größenwahn, Gier und Korruption sind starke Motive. PolitologInnen, SozialwissenschaftlerInnen und Menschenrechts-AktivistInnen werden ja nicht ernst genommen. Sie haben auch keine starke Lobby, die sich für ihre Belange stark macht. Das wird sich in Zukunft ändern, davon dürfen Sie ausgehen!

Diese menschenverachtende Haltung ist bislang beispiellos in der Geschichte der Menschheit, seit Beginn der „Zivilisation". Zivilisation? Wer versteht die Bedeutung dieses Begriffs wirklich? Wissen Sie, Frau Dzelardini, Zivilisation ist immer auch eine Frage der Perspektive. Selbst in den reichsten Ländern der Welt werden so um das Jahr 2030 tiefste Armut, Drogensucht, Hunger, Ausbeutung, Barbarei und Ungerechtigkeit vorherrschen. Ich werde dann nicht mehr am Leben sein. Meine Enkelkinder werden junge Erwachsene sein. Welchen Planeten finden sie vor? Es wird eine schreckliche Zeit für die jungen Menschen.

Rechte Populisten und autoritäre Systeme nutzen jetzt schon die Macht der Algorithmen, die für digitale *fake news* verantwortlich sind. Wahrheit von Lüge ist ja in den sozialen Medien heute schon nicht mehr unterscheidbar. Auf Grausamkeiten wie Enthauptungen, Vergewaltigungen und dergleichen mehr, welche über die Social Media-Plattformen den kranken Voyeurismus von sehr vielen Usern bedienen, möchte ich jetzt nicht näher eingehen.

Aber ein Problem, weil es von großer Bedeutung ist, muss ich in Bezug auf „Social" Media doch erwähnen: Die Kommunikation und auch Diskussion zwischen der Mehrheit der Konsumenten wird sich in Zukunft immer mehr auf Klicks und kurze, oft respektlose Kommentare reduzieren. Ein demokratischer Diskussionsprozess wird dadurch obsolet.

Dagegen werden wir einschreiten müssen, Frau Dzelardini, Sie kennen das ja auch – diese „sozialen" Plattformen, mit Hilfe derer man sogenannte „Freunde" findet, sind de facto ja nur Gelddruckmaschinen für Zuckerhüte, da gab es Berge davon. Dieses Wortspiel erlaube ich mir nur so am Rande. Das kennen Sie sicher auch schon!

Sie müssen eines bedenken, Frau Dzelardini, es ist nicht neu, aber die Lebensbedingungen für die Kinder auf diesem Planeten werden sich bis 2030 dramatisch verschlechtern. Damit meine ich jetzt nicht nur die digitale Suchtkrankheit, die durch Social Media gefördert wird, diese hat sich ja bei Kindern jetzt schon zu einer Art Epidemie entwickelt. Dieser digitale Virus wird noch unterschätzt, er wird viele, viele Leben zerstören, nicht nur das der digitalen Generationen.

Ein anderes Thema: Mehr als 70% aller Kinder im Alter von eineinhalb bis fünf Jahren erleben in Zukunft nach offiziellen Studien physische, psychische oder verbale Gewalt durch ihre nächsten Bezugspersonen. Das werden rund 400 Millionen Kinder dieses Planeten sein. Ihr Berufsstand, Frau Dzelardini, wird einiges zu tun bekommen. An die 900 Millionen Kinder werden bis 2030 keinen Zugang zu Schulbildung bekommen – eine Bildungskatastrophe! All diese Daten wurden vom UN-Kinderhilfswerk UNICEF veröffentlicht, das genaue Datum weiß ich nicht mehr, kann ich Ihnen aber heraussuchen, wenn Sie wollen. Der Titel ist, ich habe ihn noch im Kopf: *Violence in the Lives of Children and Adolescents*. Es ist und wird wirklich schrecklich! Das werden wir „bezahlen" müssen!

Ich hab es gleich - mehr als 50% aller Kinder im Schulalter, fast eine Milliarde, lebt in Ländern, in denen die Prügelstrafen in den Schulen noch nicht vollständig abgeschafft sind. Mädchen und Buben werden immer noch zu sexuellen Handlungen genötigt. Alle sechs Minuten stirbt eine Jugendliche oder ein Jugendlicher zwischen neun und 18 Jahren durch Gewaltanwendung. Alle zehn Sekunden(!) stirbt ein Kind durch Hunger, zum Großteil durch zu hohe Preise für Grundnahrungsmittel an den Börsen! Wie krank ist das denn, frage ich mich? Aber ich bin noch nicht fertig, verzeihen Sie meine Aufgeregtheit...

Mehr als die Hälfte der jungen Opfer von Tötungsdelikten werden in Lateinamerika und im Nahen Osten, Syrien, Jemen, Irak, zu beklagen sein. Sie kennen das ja sicher, denn das Gemetzel begann ja Anfang des 21. Jahrhunderts. Die Mächtigen schauten teils ohnmächtig zu ... was für ein Zynismus!

Dzelardini: Da muss ich Ihnen zustimmen, Frau Laszlo, es ist erschreckend, was sich vor den Toren Europas ereignet.

Sie hat ja Recht, fast alle schauen zu; ich kannte das schreckliche Ausmaß nicht; Kinder und Jugendliche, millionenfach verrecken sie vor unseren Toren. Und wir bauen

„Zäune"! Abgestumpft, krank oder wie soll man so eine Haltung nennen?

Laszlo: Ja, diese Entwicklung der Kinder auf diesem Planeten ist mehr als besorgniserregend, wie Sie sich vorstellen können. Viele dieser jugendlichen Opfer werden dann natürlich auch Täter, das ist ihre Erfahrung, ihr Lebensmuster, schon klar! Kriminalität wird sozusagen mit der „Muttermilch" eingesogen. Wenn Millionen Kinder als erstes „Spielzeug" eine Kalaschnikow in die Hand bekommen, den eigenen Namen nicht schreiben können, wie sollen diese jungen Menschen später der Gesellschaft begegnen? Mit Gewalt! Schrecklich, wirklich schrecklich! Wissen Sie, Frau Dzelardini, der wahre und gefährlichste Virus heißt Macht, Gier und Ungerechtigkeit. Das soll jetzt die Covid-19-Problematik nicht verharmlosen, schon klar!

Es gibt gegenüber der jungen Generation einfach keine Rechtfertigung, für diese Apokalypse, für diesen fast zerstörten Planeten. Ergänzend muss ich noch erwähnen, dass die Artenvielfalt im Pflanzen- und Tierreich bis 2045 um fast 50% gegenüber Anfang des 21. Jahrhunderts dezimiert sein wird. Diese Zahlen sprechen für sich! Mein Blutdruck steigt etwas an … ich brauche einen Schluck Wasser.

Freuds Brief an eine Kollegin

Sehr geehrte Frau Dr. Kralic, ich heiße Freud, bin achtundsechzig Jahre alt, lebe in Wien, bin ledig, auch Therapeut, wie Sie. Wir kennen einander von einem Seminarbesuch in Reichenau; vielleicht erinnern Sie sich an unsere Begegnung, sie liegt viele Jahre zurück.

Ich wende mich an Sie mit der Erwartung, dass Sie mich und die Situation in der ich mich befinde, auf Grund Ihrer fachlichen Qualifikation nachvollziehen können. Ich suche eine „Anschreibpartnerin", da ich meine „Freunde" mit meinen Sorgen nicht belasten will. Ob dieses Schreiben Sie auch erreichen wird oder soll, kann ich noch nicht abschätzen. Wie auch immer!

Der Covid-19-Virus hat mich erwischt. Atemnot, Schwächeanfälle und Todesangst begleiten meinen Alltag. Ich liege zwar nicht mehr auf der Intensiv hier im Gesundheitshaus, wie man jetzt zu sagen pflegt; ich werde gut betreut, nette Schwestern, ratloses Ärzteteam. Ich habe das Gefühl, ich werde hier nicht ernst genommen.

Warum schreibe ich Ihnen diese Zeilen? Ich komme hier aus diesem Spital nicht raus, vielleicht auch nicht lebend, und Sie, Frau Doktor, dürfen nicht rein zu mir, wurde mir mitgeteilt. Eine Unverschämtheit, finden Sie nicht auch?

Eine meiner Überlegungen war, mein Leben vorzeitig zu beenden, um Leiden und Schmerzen zu entgehen. Dazu habe ich nicht den Mut. Sehr wohl hätte ich die Mittel, die ich vor der Einlieferung in meine Tasche miteingepackt habe.

Die Frage ist jetzt: Was mache ich aus der mir noch verbleibenden Lebenszeit, wie lange sie auch noch dauern wird?

Wie reagiere ich auf die Erwartung eines vorzeitigen Endes durch Covid-19? Welches Ende ist tatsächlich gemeint, das rein physische? Lebt die Seele weiter? In welchem Zwischenstadium befinde ich mich? Welches SEIN wird beendet? Welches beginnt? Was bedeutet Bewusstsein wirklich? Fragen über Fragen – ich brauche Antworten. Jetzt bin ich der Betroffene, es sind nicht nur meine Patienten, von denen so manche durch schwere Krankheit ihr nahes Ableben zum Thema machten. Wie habe ich diese Menschen begleitet, wie haben sie entschieden, was wollten sie noch tun? Was empfindet ein Mensch im tiefsten Bewusstsein seines unausweichlichen Ablebens? Welche Gedanken werden von nun an seinen Tagesablauf beherrschen? Neue Fragen suchen nach neuen Antworten!

Oder, wenn ich das hier überlebe, was will ich dann noch tun? Welche Wünsche wurden ein Leben lang von mir unterdrückt? Noch schnell eine Reise um die Welt? Abwehr von negativen Emotionen? In meinem Schmerz wächst die Bereitschaft, endlich in jene Räume zu blicken, in denen Verdrängtes, Verschüttetes lagert. Auch als Therapeut hat man ja nie wirklich alles Belastende entsorgt, unterstelle ich jetzt. Das kennen wir beide aus unseren Therapiesitzungen. Nicht die Reise um die Welt, sondern Klärung von angespannten Beziehungen steht da im Vordergrund.

Diese Erkenntnis erfordert schon ein gewisses Reflexionsniveau, wäre aber eine der wichtigsten Erkenntnisse, das wissen wir ja beide, wollte es nur erwähnt haben. Ein schwieriger Schritt - und gleichzeitig einer der erlösendsten vor dem Tod - ist die Fähigkeit, Menschen zu verzeihen. Niemand sollte konfliktbeladen diese Welt verlassen. Muss erst der

Tod anklopfen, damit wir Menschen bereit sind, einander zu vergeben? Ich muss unbedingt noch mit dem C. G. Jung reden, ihm verwehrt man aber auch den Zutritt – Zustände sind das!

Beziehungsstörungen im frühen Kindesalter sind die häufigste Ursache für eine psychosomatische Erkrankung – das wissen wir auch. Ganz tief erlebte Abwertungen und Kränkungen werden da durchs Leben getragen, bis die Last zu groß, das Trauma nicht mehr bearbeitbar scheint. Da entstehen oft sehr komplexe Persönlichkeitsstörungen. Was ich da alles erlebt habe, das können Sie sich gar nicht…

Jetzt betrifft Covid-19 potentiell die ganze Menschheit, im Speziellen auch mich. Gebe zu, dass ich zu Beginn der Covid-19-Krise doch etwas skeptisch war bezüglich der Gefährlichkeit dieses Virus. Reine Angstmacherei, dachte ich! Ob die gesetzlichen Maßnahmen zur Eindämmung der Ausbreitung übertrieben waren, wage ich nicht zu beurteilen. Ob mein Immunsystem stark genug sein wird, um einigermaßen unbeschadet das Spital zu verlassen, wird sich noch herausstellen. Im Moment fühlt es sich gar nicht so an.

Mir fallen jetzt Bemerkungen von meinen KlientInnen ein, welche oft an lebensbedrohlichen Erkrankungen litten. Manche dieser Fliehenden wollten dennoch endlich das erleben, was sie bislang kaum zu denken wagten: „Ich möchte endlich mein Leben erleben dürfen, nicht das Leben, das von mir erwartet wurde", hörte ich einmal von einer Klientin. Wenn der Tod in spürbare Nähe rückt, „wissen" die meisten Menschen, was sie „versäumt" haben. Wenn das dominante EGO die SELBST-Verwirklichung verweigert, bleibt oft nur die Verzweiflung, begleitet von einem Gefühl der inneren Leere, eines trostlosen unerfüllten Seins.

Doch Krise heißt dem Wortursprung nach Entscheidung! Erträumte Lebensentwürfe erobern sich manchmal doch noch den notwendigen Freiraum. Der Alltag darf weichen, verliert an Bedeutung. Manche Menschen finden angesichts ihres Ablebens doch noch einen Sinn, eine „letzte" Erkenntnis, spüren eine Art Befreiung von der „Last des Lebens". Manchmal wurde sogar durch diese Sinnfindung, durch die Hinwendung zum SELBST ein Heilungsprozess ausgelöst. Dazu führten das Loslassen der Alltagsbelastung, neue Selbsterkenntnis und aufrichtige Vergebung jenen Menschen gegenüber, durch die tiefe Kränkungen oder Gewalt und Leid erfahren wurde. Ein „neues Leben" darf da entdeckt werden, ein Erwachen des spirituellen Bewusst-seins, wie man verkürzt diese Geburt des WAHREN SELBST umschreiben könnte.

Frau Doktor, Sie wissen es, aber lassen Sie mich diese Gedanken finalisieren! Der Selbstheilungsprozess kann nur gelingen, wenn alte Muster, alte Glaubenssätze, alte ICH-Konstruktionen über Bord geworfen werden. Die Suche nach dem WAHREN SELBST ist ein atemberaubender Prozess. Was für ein Wortspiel! Diese Suche war immer schon mein Thema. Unter uns: Ich denke, ich habe mein SELBST auch noch nicht gefunden.

Aber, lassen wir das! Gut, manchmal, wenn ich zu viel „Schnee" erwischt habe, Sie wissen schon, da spürte ich so eine Nähe zur Wahrhaftigkeit – ganz wunderbar! Gut, ich behaupte sogar: Die Suche nach dem WAHREN SELBST ist und wird ein Thema der Menschheit auf ihrem Weg zur Menschwerdung. Ich denke, diese Menschwerdung ist der Weckruf der Covid-19-Zeit. Wie denken Sie darüber?

Zurück zum Tod: Ja, es gab einige meiner KlientInnen, die verspürten Erleichterung bei dem Gedanken an das Sterben, da hörte ich Sätze wie „Ich habe keine Verantwortung mehr, nichts hat mehr Bedeutung, ich bin endlich frei von meiner Lebenslast", was immer diese Last gewesen sein mag. „Ich habe nichts mehr zu verlieren, außer einem belastenden, krankhaften, schmerzhaften Leben.", hörte ich oft von Menschen, die an Krebs erkrankten. Merken Sie die Betonung auf dem ICH? Welches „ICH" ist da wohl gemeint?

Wissen Sie, Frau Doktor, diese ICH, ES, ÜBER-ICH-Geschichte, sie ist komplexer als ich anfangs dachte: Ist es das Körper-ICH, das Gefühl, einen Körper zu besitzen, oder das ICH, das meine Verortung als Bewusst-SEIN erfährt, wonach sich mein Körper an einem bestimmten Ort befindet, oder das perspektivische ICH, verbunden mit dem Gefühl, der Mittelpunkt des Kosmos zu sein, oder das Erlebnis-ICH, welches das Gefühl erzeugt, Dinge und Erlebnisse als eigene Wahrnehmung, Ideen, Begegnungen in Anspruch zu nehmen, oder das Urheber- und Kontroll-ICH, welches mir rückmeldet, dass ich der Verursacher meiner Gedanken und Handlungen bin, oder das autobiografische ICH, mit der Überzeugung, dass ich die Person bin, die ich gestern war und die ich morgen sein werde, oder das selbst-reflexive ICH, mit der Fähigkeit, über sich als Person nachzudenken, oder das gewissenhafte ICH, das meine Handlungen als gut oder schlecht bewertet? All diese ICH-Anteile bestimmen ja auch mein Bewusst-SEIN, dass es dieses *eine* ICH so nicht gibt. Ich bin so Viele und doch so einsam. Hier im Spital finde ich paradoxerweise Zeit, um auch meine Position, mein Da-Sein erneut zu hinterfragen.

Es ist schon bemerkenswert, wie diese Nähe zum Tod Gedanken verändert, anders empfinden lässt, wie sich Wertigkeiten verschieben, wie scheinbare Wichtigkeiten zur erlösenden Banalität herabsinken, wie wertvolle Erkenntnis an Boden gewinnt. „Mache das, was du noch nie getan hast, aber immer schon tun wolltest", sagte ich mir schon vor langer Zeit, „dann erkennst du, was noch offen ist, was deine wahren Bedürfnisse sind in deinem Leben!"

Ich erlebte, dass Menschen nur durch diesen Satz wieder Hoffnung verspürten, ihren Mut für einen Wendepunkt aktivierten, den Sinn ihres Lebens entdeckten – ja, sogar Heilungsprozesse wurden dadurch eingeleitet. „Spontan-heilung", sagen dann die Schulmediziner. Nein, so ein Unsinn, die Seele, Frau Doktor, die Seele hat ihren Frieden gefunden, sie muss nicht mehr über den Körper aufschreien.

Allerdings, es gibt auch jetzt Momente, da erahne ich intuitiv, was es bedeutet, sich tatsächlich mit dem Sterben, mit dem Tod, mit dem physischen Ende zu konfrontieren, dem inneren „Gott" die Macht zu erteilen, den Körper gehen zu lassen. Will er mich gehen lassen?

Liebe Kollegin, ich weiß, ich brauche Sie nicht zu belehren, aber gestatten Sie mir, die für mich wichtigen Reflexionen niederzuschreiben: Meiner Meinung nach liegen die Ursachen für Todesängste neben unheilbaren schweren Krankheiten auch im Scheitern der psychischen Bewältigungsstrategien gegen die Lebensangst und jetzt auch gegen die Angst vor Covid-19. Diese Ängste schaffen jetzt vermehrt Strategien wie die Magersucht, Esssucht, Drogen- und Medikamentenmissbrauch. Ich habe es in meiner Praxis erlebt und es wird immer schlimmer. Über diese „Kollateralschäden" sollte mehr Transparenz geschaffen werden.

Aber was wird durch den physischen Tod tatsächlich beendet und was bleibt am Leben? Was ist mit der Seele, mit der „göttlichen Schöpfungskraft"? Manchmal wird erst durch Nahtoderfahrungen das unendliche Leben der Seele erfahren, wie Menschen, die von der „Schwelle" zurückgekehrt sind, sehr glaubhaft berichten.

Jetzt, jetzt bin ich an der Reihe, jetzt gibt es keine rettende Distanz mehr, gibt es scheinbar keinen Wendepunkt. Jetzt ist der nahende Tod nicht mehr das Problem meiner PatientInnen, jetzt ist er auch meines. Was bedeutet diese erschreckende Erkenntnis für mich? Was macht dieses „Wissen" mit mir, wie werde ich reagieren, was werde ich noch tun, was will ich noch tun, was habe ich noch nie getan, was kann ich noch tun, was macht eigentlich noch Sinn in einer scheinbar ausweglosen Situation?

In der Frage liegt die Antwort – ist es so? Welche Ängste kommen da in mir hoch? Frau Doktor, verzeihen Sie, wenn ich Sie jetzt auch noch mit meinen Sorgen konfrontiere – ich weiß aber, Sie werden Verständnis aufbringen. Wissen Sie, wenn die Angst den Raum erobert, hat die Liebe zum Leben verloren. Wo ist meine Liebe, die nicht gelebte, die nicht erlebte, die verlorene? „Wer sich selbst erhöht, wird erniedrigt werden", hat Jesus von Nazareth gesagt. Habe ich mich erhöht? Wo war meine Demut? War ich zur wahrhaftigen Selbstliebe überhaupt fähig? Anscheinend nicht, sonst wären meine Beziehungen nicht gescheitert. Der seinerzeitige Streit mit dem C.G. Jung hat mich sehr erschüttert. Frau Doktor, unter uns: Er, der Jung, er hatte ja Recht mit dem kollektiven Unbewussten – aber, hätte ich das zugeben sollen? Ja, natürlich hätte ich das, wenn ich auf mein SELBST gehörte hätte und nicht auf mein krankes EGO, ich feiger Hund. So, jetzt fühle ich mich erleichtert. Mein SELBST wirklich lieben – konnte ich das jemals? Wie konnte ich Unbekanntes lieben?

Viele dieser Fragen beschäftigten mich in den letzten Tagen, panikartige Zustände mit unterschiedlicher Intensität raubten mir den Schlaf. Die Antidepressiva, welche ich seit Wochen konsumiere, haben anscheinend ihre Wirkung verloren oder auch nie wirklich gehabt. Der hilflose Helfer in mir sucht im kreativen Abfall des Halbschlafes nach Lösungen. Wie gut oder wie unzureichend habe ich meine Probleme bearbeitet? Ich habe das Gefühl, in einem Chaos der Gefühle zu versinken. Wenn die Kompensationsmöglichkeiten des Körpers keine Energie mehr für die Bewältigung des Ungleichgewichtes entwickeln können, dann wuchern die Symptome, dann schreit die Seele durch den Körper auf. Das wissen wir doch alles – und jetzt?

Die Psychosomatik, eines meiner Lieblingsthemen, fällt mir jetzt auf den Kopf, was für eine Ironie. Meine Immunabwehr ist zu schwach geworden, um den Kampf gegen Covid-19 zu gewinnen. Allein dieser Negativsatz macht ja schon krank, ich streiche ihn. Es ist noch nicht zu spät, flüstert mir die Todesangst zu. Es gibt immer eine Lösung. Ich möchte diese abgegriffenen Suggestionen lieber vermeiden. Der Tod kann sehr wohl eine Alternative sein, es kommt doch nur auf die Perspektive an. Aber als Lösung?

Die Arbeit mit Menschen in emotionalen Extremsituationen hatte immer schon Begeisterung in mir geweckt. So, jetzt bin ich in dieser Extremsituation. Es ist die Ungewissheit in Erwartung eines Ereignisses, das absolut nicht vorhersehbar ist, diese Ungewissheit hat auch ihren Reiz. Was ist kurz vor dem Sterben noch möglich? Gedanken der Erleichterung?

Alles oder Nichts? Es gibt keine Vergangenheit, keine Zukunft, es gibt nur noch das JETZT, ohne Risiko. Der gedankliche Zeitbegriff ist das Konstrukt eines illusionären „ICH", stelle ich mal so in den Raum. Es gibt nur mehr das Handeln im JETZT – nur dieses Denken ist der Ankerwurf in ein sinnvolles Restleben. Theorien sind schön zu lesen, oft nicht mehr praktikabel.

Die Befreiung von belastenden Geistesblitzen durch tiefe Meditation. Ja, die Buddhisten, weise Menschen, sie haben anscheinend ihr Chaos im Gehirn hin zur stillen Ordnung geleitet. Meine intensive Auseinandersetzung mit der Neurologie, mit der Hirnforschung, mit der Philosophie, seit kurzer Zeit mit neurophilosophischen Grundlagen unseres Bewusstseins, auch mit der Spiritualität, sind anstrengend, aber auch sehr bereichernd. Ich wollte einfach alles wissen. Nur Weisheit auf der Basis von Wissen und Erkenntnis befreit. Nur – mein Problem ist: Ich bin nicht Gott! Gott ist in dir, hört man immer wieder. Spirituelle Erfahrungen brauchen Zeit. Wo ist die Zeit? Ich brauche mehr Zeit. Zeit wird zu einem Begriff ohne Dauer, ich schaue auf meine Uhr, ich brauche keine Uhr, ich brauche Zeit.

Beste Grüße an Sie, liebe Kollegin!

Freud

Dzelardini: Herr Lammer, Sie wollten noch zum ewigen Leben und zum Bewusstsein etwas anmerken.

Lammer: Ich versuche es. Das ewige Leben, ein ewiges Thema, allerding nur für Menschen, die noch nicht verstanden haben, dass es das ewige Leben bereits gibt und immer schon gegeben hat.

Was ist dabei entscheidend? Alles Vorhandene wurde irgendwann erschaffen. Daher hat jegliche materielle Manifestierung, also wirklich alles im Kosmos, nach wie vor ein unvergängliches Abbild im unbegrenzten kosmischen Bewusstsein, selbst wenn es aus der materiellen Welt schon lange verschwunden ist. Das unbegrenzte kosmische Bewusstsein ist also unser perfektes Gedächtnis. Es gibt sozusagen eine Blaupause für alles Seiende.

Daraus können wir schließen, dass unser gesamtes Bewusstsein eben nicht in unserem Gehirn physisch gespeichert ist, also ein neuronales Korrelat hat, wie manche Hirnforscher behaupten. Das ist auch nicht notwendig. Auf Euren Rechnern zu Hause habt Ihr ja auch nicht alle Daten gespeichert, sehr wohl aber das Betriebssystem, was mit unseren Gehirnaktivitäten bzw. Wachbewusstsein zu vergleichen wäre. Wenn wir mehr Informationen benötigen, dann gibt es ja genügend Informationsplattformen ... oder eben das kosmische Bewusstsein!

Hypothese: Das gesamte Bewusstsein ist nicht lokal im Gehirn gespeichert, das wurde ja schon vor langer Zeit durch Forschungen bei Nahtoderlebnissen dokumentiert. Also, unser Bewusstsein kommt letztlich zum überwiegenden Teil aus dem unbegrenzten kosmischen Bewusstsein und unser Unbewusstes, unsere Seele, ist darin eingebettet. Das ist der Schlüssel zum wahren ewigen Leben, zum Leben nach dem physischen Tod. Unser Bewusstsein, unsere Erfahrungen überleben zusammen mit unserer Seele unseren physischen Tod. Allerdings ist nach dem Tod nicht mehr unser Gehirn für das geordnete Funktionieren unseres Bewusstseins zuständig, dafür ist dann die Seele zuständig, ein höheres Bewusstsein, könnte man auch sagen.

Was bedeutet diese Erkenntnis nun? Richtig, dass unser Bewusstsein sich nach dem Tod ganz anders entwickelt und organisiert als unser jetziges Bewusstsein. Wir wissen heute: Im Gehirn werden ständig Moleküle in riesiger Zahl neu gebildet und organisiert. Was bewirkt das?

Es bewirkt, dass im Gehirn Informationen aus dem Unbewussten auftauchen. Dies geschieht mittels der Photonen, sie übertragen diese Informationen auf die Neuronen im Gehirn. Daher liegt die Vorstellung nahe, dass genau dieser Moment der Übertragung zu Bewusstsein führt. Aber nicht nur im Gehirn entstehen immer wieder neue Moleküle, sie entstehen im ganzen Körper, deshalb sprechen wir auch von einem Körperbewusstsein; jeder Teil unseres Körpers hat ein Bewusstsein.

Ich verliere mich schon wieder. Zurück zum Tod. Wie es genau sein wird nach dem physischen Tod, wissen wir nur von Menschen, die uns über Nahtoderfahrungen, eigentlich sind es ja Todeserfahrungen, informiert haben. Wir haben auch einen unvergänglichen feinstofflichen „Körper", die Seele. Deshalb ist abgesichert: Unser Leben endet nicht durch den physischen Tod, diese Ängste könnten wir uns ersparen. Tatsächlich wird es niemals enden, wir haben das ewige Leben, jeweils in einem anderen Aggregatzustand. Wir brauchen Silicon Valley mit den Bestrebungen, unsere Körper ewig leben zu lassen, sicher nicht. Ist ja auch nur ein Geschäftsmodell, wie alles, was dort produziert wird.

Wie auch immer, das ist doch eine gute Nachricht. Wer spirituellen Weltbildern skeptisch gegenüber steht, muss halt weiter seine Angst vor dem Sterben pflegen. Ich finde es auch wesentlich amüsanter, zeitweise einen anderen Körper zu bewohnen.

Und so kommen wir zur vorläufig letzten, zur integral-holistischen Bewusstseinsstufe: Auf dieser Bewusstseinsstufe wird endlich erkannt, dass alles mit allem verwoben ist. Was können wir daraus lernen? Loslassen vom EGO-Denken und Hinwendung zum kollektiven SELBST, einem Selbst, dass wahrhaftig über den Dingen steht. Alle Menschen, das ganze Universum – wir sind ein dynamischer selbstorganisierender Organismus. Das holistische Prinzip wird durch quantenphysikalische Erkenntnisse untermauert.

Vielleicht kurz zum Holismus noch ein Wort: Holismus, auch Ganzheitslehre, ist die Vorstellung, dass natürliche (gesellschaftliche, wirtschaftliche, physikalische, chemische, biologische, geistige, linguistische usw.) Systeme und ihre Eigenschaften als Ganzes und nicht als Zusammensetzung ihrer Teile zu betrachten sind. Der Holismus vertritt die Auffassung, dass ein System als Ganzes funktioniert und dies nicht vollständig aus dem Zusammenwirken aller seiner Einzelteile verstanden werden kann. Die entgegengesetzte Position hierzu ist der Reduktionismus beziehungsweise Atomismus, der das zusammengesetzte System als Ergebnis der Elemente und ihrer Eigenschaften zu beschreiben versucht. Hauptargument des Holismus gegen den Reduktionismus ist oftmals eine nicht vollständige Erklärbarkeit des Ganzen aus den Eigenschaften seiner Teile.

Geist und Materie stehen in einer wunderbaren Wechselbeziehung. „Materie ist gefrorener Geist", sagen ja manche Quantenphysiker. Auf quantenphysikalischer Ebene ist Materie nicht existent, das ist mit unserem begrenzten Verstand schwer vorstellbar.

Welche Einstellung ist nun auf dieser holistischen Bewusstseinsstufe vordergründig? Achtsamkeit! Ja, Achtsamkeit gegenüber allen Wesenheiten wird zur Selbstverständlichkeit. Der Mensch erfährt sich integral, als eine spirituell-holistische Wesenheit.

Magda und Freud, erste Sitzung

Diese Covid-19 Geschichte hat mich sehr belastet, ich fühle mich aber sehr wohl, vorerst alles überstanden! Bin schon gespannt, wie sich die Persönlichkeitsstörung von Magda entwickelt hat.

Schön, dass Sie es geschafft haben, Magda, setzen Sie…

Sorry, Doktor, ich bin schon wieder zu spät dran – gut -, dann fange ich…ja, dann fange ich gleich an. Wissen Sie, Doktor,… manchmal bin ich mir gar nicht so sicher, ob das alles ein Traum ist oder Wirklichkeit.

Magda, erzählen Sie einfach…

Wissen Sie, Doktor, diese Angst, ja, diese Angst lässt mich nicht mehr los. Ich bekomme so schlecht Luft. Corona, ich kann das alles schon gar nicht mehr hören. Was ist wahr daran, was ist ein fake – ich bin völlig durcheinander – ich glaube, ich werde wahnsinnig. Bin ich schon wahnsinnig, Doktor?

Ich bitte Sie, Magda, sie haben Angst, das ist in Zeiten wie diesen erlaubt. *Atemnot hat Magda noch nie gehabt?*

Sie haben jetzt sicher ganz anders gedacht, ich weiß, ach, lassen Sie nur, Doktor, später – heben Sie sich Ihre Analysen für später auf. Oh, der Traum, wo war ich stehen geblieben? Badezimmer, das Badezimmer war es doch. Und die Angst, ja das ist die Verbindung, Schlachthof, Hygiene und Schmutz fällt mir ein. Sie begegnet mir immer im Badezimmer, verkleidet wie eine OP-Schwester. Sie verstehen doch, Doktor, dann auch noch Handschuhe, Mundschutz, Haube und Überzieher für die Schuhe. Diese „Kostümierung" hat sie sichtlich verändert, ich erkannte sie gar nicht mehr, sie wurde mir fremd. Obwohl, sie war doch ein Teil von mir, das Objekt im Traum, Sie sehen, Doktor, ich habe meine Hausaufgaben gemacht. Na ja, wie auch immer. Sie tänzelte zurück in das Schlafzimmer, machte im Spiegel einen kurzen Check, alles sitzt perfekt. Was bedeutet das alles?

Magda, die Antwort finden wir, sie ist in Ihrem Unbewussten.

Sie wissen es auch, Doktor, geben Sie es doch zu, Sie Schummler.

Darf ich kurz unterbrechen, ich muss auf die Toilette?

Ich lächle Magda an und mache mit meinem Kopf eine bejahende Bewegung. Ich notiere: <u>Provokation</u> – unterstrichen. Ihre große rote Ledertasche fällt mir jetzt auf, sie liegt auf ihrem Schoß, fest umklammert mit ihren Händen; passender Nagellack. Ein Gefühl der Unsicherheit, Angst aber auch Neugierde macht sich bei mir bemerkbar. Tief durchatmen, entspannen. Menschen mit komplexen Persönlichkeitsstörungen sind faszinierende Menschen, sie spielen in einer anderen Realität, nach ihren Regeln, ein hochinteressantes Spiel, schwer zu durchschauen. Genau genommen spielen wir ja alle in unterschiedlichen Realitäten, spinne ich diesen Gedanken weiter, sonst wäre die Kommunikation nicht so komplex. Aber – zurück zu Magda: Ehrlichkeit und Authentizität, wenn es so etwas überhaupt gibt, sind bei solchen GrenzgängerInnen sehr dehnbare Begriffe. Ihre „Lebenslügen" treffen sich selten mit den „Lebenslügen" anderer Menschen, dennoch haben alle eines gemeinsam: Es sind Überlebenslügen, welche als Wahrheit interpretiert werden. Magda kämpft, immer noch mit einem schweren Kindheitstrauma.

Mangende Anerkennung und Liebesentzug von beiden Elternteilen zerstört das Selbstwertgefühl und damit auch die Lebensfreude. Diese tiefe Kränkung muss vom psychischen Apparat „korrigiert" werden. Eine kompensatorische Überlebensstrategie muss immer wieder kreiert werden. Magda versucht nun ihre verletzte, leidende Persönlichkeit abzuspalten. Imaginativ konstruiert Magda immer wieder neue Persönlichkeiten; Persönlichkeiten, welche ihre unterschiedlichen emotionalen Impulse leben dürfen. Kontrolle und Macht sind für sie Ventile, die sie durch Identifikation mit einem imaginären Rollenbild „erleben" kann. Sie muss Großes leisten, Sie will endlich anerkannt und wertgeschätzt werden. Täglich erlebt Sie den Absturz in Einsamkeit, Depression und Angst. Ein weiteres Verhaltensmuster ist ihre Erlebnis- und Konsumsucht, Kompensationen für Entbehrungen in ihrer Kindheit, die nie erlebte Zuneigung und Liebe wird durch gekaufte Objekte ersetzt (ein Klassiker: letzte Woche erzählte sie mir vom Kauf des dreihundertsten Paars Schuhe). Magda hat verständlicherweise ihr Vertrauen in die Menschen verloren, fühlt sich von allen angegriffen (paranoider Modus). Ihre Geschichte begann mit der Beschreibung eines ihr bekannten Zimmers, einer genauen Erinnerung an ihr Elternhaus, das Bild an der Wand im Schlafzimmer, ihre zittrige Mutter, die immer „wegschaute", und der Vater, der Magda meistens überforderte, nie gelobt hat; zärtliche Zuneigung musste Magda von beiden Elternteilen entbehren. Ich bin mir aber nicht so sicher, ob meine Interpretationen wirklich zulässig sind. Was hat Magdas Biografie mit meiner – und mit der Biografie vieler Menschen zu tun? Es gibt so viele „Magdas" auf dieser Welt. Versinnbildlicht Corona Ängste wie Existenzangst, Todesangst, Angst vor Autoritäten, Angst vor Gewalt...? Fast könnte man meinen, Corona ist eine Metapher für Verhaltensmuster, die unsere Lebensgrundlage schon seit Beginn der Industrialisierung zerstören. Was durch Kriege und Umweltzerstörung an Leben vernichtet wurde, könnte ja Corona niemals schaffen. Die Geister, die wir riefen, sind aber nun Realität geworden. Corona ist eine ernsthafte Bedrohung, keine Frage, das sind aber Kriege, Umwelt und Hungerkatastrophen auch.

Magda, was machst du mit meinen Gedanken?

Das Tragen von Masken und Abstand halten symbolisieren meines Erachtens diese gefühlten Ängste. Reinigungsrituale könnte man auch als Metapher für die Reinigung (Katharsis) unserer Seelen betrachten.

Da entwickelt sich noch eine sehr erkenntnisreiche Geschichte.

Aber zurück zu Magda: Beziehungsarbeit basiert immer auf einer sehr komplexen Psychodynamik. Gefühle und Gefühlsreaktionen mit spezifischem Hintergrund gehen da in Resonanz. Ein Wechselspiel zwischen den bewussten und unbewussten Kräften aller Beteiligten. Die Verschränkung psychischer Abläufe von Menschen, die einander sicher nicht zufällig begegnen, ist schwer zu analysieren, aber – sehr spannend und aufschlussreich.

Der Therapeut lernt einen wesentlichen Teil seines psychischen Apparates über den Patienten kennen – was aber vom Therapeuten nicht immer gleich erkannt wird. In der Literatur wird dieses „Phänomen" als Spiegelungseffekt bezeichnet.

Na gut, Doktor, hallo, sind Sie noch da, Sie machen schon wieder so einen abwesenden Eindruck, ich langweile Sie doch nicht, Doktor? Ich mache es spannender und sage Ihnen noch eine Merkwürdigkeit: Ich sah mir bei meinem Traum zu. Ja, da staunen Sie, ich stand in der Ecke des Zimmers und beobachtete mich im Traum, da war ein zweites ICH, Sie wissen schon, wie ein Klon – ja, ganz real, stellen Sie sich das einmal vor, es war so aufregend, diese Spannung – ich habe mich aufgespalten, oder wie sagt man dazu? – ist jetzt auch nicht so wichtig, Doktor – oder?

Jetzt hat sie auch noch außerkörperliche Erfahrungen, denke ich und „sehe" Magda in ihrer Vielfalt im Raum schweben. Kaum zu glauben! Wenn das zutrifft, werden diese außerkörperlichen Erfahrungen für das autobiografische Selbst von Magda noch von Bedeutung werden. Man nennt sie auch Klarträume. Die Träumerin verlässt ihren Körper und ist sich ihrer Traumsituation bewusst, dabei kann sie ihren schlafenden Körper beobachten. Natürlich könnte es auch eine imaginäre Projektion sein. Ob wahr oder nicht spielt aber keine wesentliche Rolle, allein die Vorstellung, dass es so sein könnte, erzeugt wahrscheinlich den gleichen Effekt für Magda. Bin schon gespannt, wie es weitergeht.

Doktor, es war so eigenartig, wie soll ich es erklären, es war so, als würde ich meinem zweiten ICH jeden Handgriff zuflüstern. Ja, genau so, es wurde meine Dienerin, eine Kopie von mir, die mir gehorchte – herrlich, dieses Machtgefühl, kennen Sie das auch, Doktor?

Sehr raffiniert, liebe Magda, denke ich.

Und dabei dachte ich immer, ich sei so einmalig. Jetzt einmalig doppelt – gefällt mir – warum nicht?

Das sind diese Phänomene, ich denke gerade auch an Machtgefühle. Wer hat hier über wen Macht? Die Dynamik der Machtspiele im therapeutischen Kontext ist so eine Art Psychoschach: Wer macht den nächsten Zug? Bei Magda spüre ich die starke Sogwirkung ihrer Nebelwolken, sie zieht mich in ihre Geschichte hinein; ich habe oft Mühe, zumindest mit einem Fuß in meiner „Realität" zu bleiben. Was für eine Energie!

Und das Beste kommt noch, Doktor: Da war ja noch die Träumerin, die sah ich auch, sie schlief tief und fest in ihrem Bettchen. Ich denke, sie wusste nicht, ob sie träumte oder alles real erlebte, aber was ist schon real? Ich fühlte mich wie der Clown in Paris, aber das ist eine andere Geschichte.

Ja, ja, ich verstehe Sie sehr gut, Magda. *Wie weit wird sie gehen?*

Es ist so, ich glaube, Sie können das nicht wirklich verstehen, Doktor, dieses Gefühl der Macht über mich – oder doch? Jede Frau hat ihre Aufgabe – die muss getan werden – das ist doch der Sinn des Lebens, oder nicht? Ist jetzt auch nicht so wichtig. Was wollte ich vorhin sagen?

Ihre Traumfigur.

Solche Aufmerksamkeitstests macht Magda immer wieder, so zwischendurch, es ist schon so ein kleines Ritual bei unseren Sitzungen geworden. Ich bekomme etwas feuchte Hände, schaue auf die rote Tasche. Was hat sie wohl in ihrer roten Tasche?

Ach ja, danke!

Keine Ahnung, Doktor, alles in Ordnung? Es war doch nur ein Traum – oder?

Da bin ich mir nicht so sicher – was macht sie nur mit

mir? Das Psychoschach geht in die nächste Runde. Welche „Realität" will sie mir zeigen, welche Übertragungsdynamik lenkt unsere Beziehung? Ich suche nach einer geeigneten Intervention. Ich bin auch Projektionsfläche, stellvertretend für ihren Vater. Ist das wirklich so einfach? Einen Suizidversuch hat sie vor zweieinhalb Jahren überlebt, danach war sie zehn Wochen in der Psychiatrie. Vor zwei Monaten machte Magda noch einen stabilen Eindruck auf mich, dann kam im März der lock down. Die Neurodermitis macht ihr sichtlich immer noch zu schaffen. Sie ist potenziell immer noch gefährdet, was ihre suizidale Veranlagung betrifft – aber: Sie hat Vertrauen in unsere Beziehung, das spüre ich, ein wesentlicher Faktor. Bei der Integration ihrer teils abgespaltenen Persönlichkeitsanteile machen wir kleine Fortschritte, ihre gedachten ICH-Anteile, die Beobachterin im Traum, die Mächtige, die Mutige, die Traurige, sie alle dürfen im Traum agieren. Diese Traumgeschichte, die Reflexion von Wahrnehmung und Wirklichkeit, wird mich noch lange Zeit beschäftigen, das fühle ich. Diese Begegnung ist natürlich kein Zufall.

Magda, ich hätte da eine Idee oder besser ein Angebot für Sie – oh, die Zeit ist bald um – vielleicht besprechen wir das in der nächsten Sitzung.

Da bin ich aber schon sehr neugierig, Doktor!

Nur noch eine Kleinigkeit, die mich seit geraumer Zeit beherrscht. Magda steht auf, geht auf und ab, wie eine Schauspielerin auf der Bühne.

Wissen Sie, Doktor, jedes Mal, wenn ES passierte, war mein Geist erstaunt, die Gefühlswelt ergriffen – aber wovon?

Diese vielen Bilder im Kopf, die Sehnsucht nach etwas

Zufriedenheit, nein, Ruhe – oder – damals wusste ich es noch nicht. Die Sehnsucht einfach Angstfrei zu leben, sie wird immer stärker. Kann man an Corona wirklich sterben?

Wie soll ich … Es waren diese nicht geplanten Momente, ein Aufblitzen, wie eine Eingebung. Was kommt da auf mich zu? Welche Begegnungen würde ich erleben auf meiner Entdeckungsreise? In meinen Träumen, oder lebe ich doch in der der Realität? Welche „Welten" warteten auf mich? Es waren Orte der Vertrautheit und doch so fremd, so unwirklich… Da war ich schon, sagten die Bilder im Traum. Was war das? Welche Wirklichkeit spiegelt sich in der Illusion? Wieso gerade hier mit diesem Gegenüber? Warum war der Körper gerade jetzt hier, an diesem raumlosen Ort? Diese gefühlte Leere. Da war nichts und doch so vieles. Welches Ich wurde da gefordert?

Ihre Körpersprachen, die wechselnden Tonlagen, die Poesie – was für eine „Schauspielerin", könnte man meinen!

Wissen Sie, Doktor, es war diese oft erlebte Abenddämmerung in Violett-Rot-Blau, Zitronengelb war auch dabei, mein Mund von Säften gefüllt, ein nackter Körper saß am Wasser. Ich spüre wieder dieses „Hinübergleiten". Kadmiumrot, darunter ein blauvioletter Strich, ganz weit hinten, dort, wo das Meer von dieser Welt entleert wird, schreit ein Fremdkörper – der fällt – bodenlos.

Magda lässt sich in den Stuhl fallen.

Doch sie trieb fast regungslos weiter auf den Wellen, sie, die mit der Flut, fast bedrohlich, dann wieder ganz weich – meine Nähe suchte. Müde und erschöpft schien sie, oder war sie die Projektion dieser Leere oder eine Spiegelung auf den

Wellen der Erinnerung? Oder war es die Verzweiflung, vielleicht auch Angst – oder eine Ergriffenheit, da kam etwas, es war nicht gänzlich unbekannt.

Magda springt aus dem Stuhl auf und geht, mit ihren Händen gestikulierend, wieder auf und ab.

„Du kennst mich", sagte sie oder sagte etwas, ganz weit weg, aus einer scheinbar anderen Welt. „Du bist mir schon an so vielen Orten begegnet, du brauchst mich!"

Wie meinte sie das? Doktor, so nackt wie sie war, durfte niemand sie sehen, ausgeschlossen. Vielleicht in einer anderen Zeit, an einem anderen Ort, dort, wo geliebte Menschen verloren wurden, da war es ähnlich, und die Angst war auch da. Ja, und die Einsamkeit, diese verdammte Einsamkeit. Doktor, es könnte doch sein, dass sie ähnlich empfand, falls sie einen Geist hätte, der Gefühle der Wahrheit entsprechend interpretieren könnte. Es war dieses Auflösende, dieses ICH-Fremde, dieses Nichtvorhandensein. Kein Ich, kein Dasein. In welcher Welt, Doktor, gebären diese Gedanken ihre Existenzberechtigung? Nein, sagen Sie nichts! Die Stille weiß doch alles!

Was bedeutet ICH-SEIN? Wann hört mein Körper auf, so zu sein, und lebt in einer anderen Form immer noch? Ja, genau so war es. ES war da, dann aber wieder nicht, nicht begreifbar. So war es schon mal, und dann kam sie wieder auf den Wellen, umgeben von glitzernden Spiegeln. Sie hatte so ein Lachen, so ein wissendes Lachen, und etwas lächelte unwissend zurück, irgendwie peinlich, verstand nicht – wieso schon wieder? Sie trieb weiter auf meinen Körper zu.

Die Erinnerung, sie war da. Sie haben es erraten, Doktor – oder?

„Wann kommt die Zeit", hätte ich sie liebend gerne gefragt, die erinnerungsfreie, die Zeit der Erlösung? Einfach alles ausgelöscht, als wäre es nie geschehen. Keine Pandemie mehr, keine Kriege, keine Ungerechtigkeiten. Wo ist der Frieden in mir, wo ist der Frieden in der Welt? Kann es so etwas überhaupt geben?

Was, wenn nur Laut-, Licht- und Atemlosigkeit die letzte Wahrnehmung erfüllt? Dann beginnt das Leben ... irgendwo.

Ja, aber sie kommen immer wieder, diese Erinnerungen, ich kann nicht vergessen, nicht verdrängen, nicht verzeihen, auch nicht loslassen, das brauchen Sie mich jetzt gar nicht zu fragen, Doktor!

Wissen Sie, ich habe eine liebe Freundin, eigentlich müsste ich sagen „hatte", denn seit sie auf der Intensiv lag, durch diesen garauenhaften Virus, leidet sie an einem Schädel-Hirn-Trauma, ist ohne Bewusstsein über ihr Ich. Sie hat alles verloren: ihr Gedächtnis, ihre Identität, alles, sie weiß nichts mehr, nicht einmal ihren Namen. Die Stunde der Neugeburt, was für ein Glück für sie, dachte ich, alle Erinnerungen ausgelöscht. Auch Corona wäre dann ja ausgelöscht – oder?

Mein Gedächtnis, es hat mich nie verloren. „Verluste haben ja auch was Gewinnendes", sagte sie lächelnd zu mir, anscheinend befreit von ihren Altlasten. „Wenn ich mich entdeckt habe, in meinem neuen Leben, werden wir auch unsere Freundschaft neu erfinden, wir fangen beide wieder von vorne an, eine neue Welt, nur für uns... ", sagte sie zu mir mit einer beneidenswerten Fröhlichkeit. Was muss geschehen, um einen Anfang nach dem Ende, um einen neuen Weg, einen besseren Weg zu entdecken? Was hat das mit Corona zu tun, frage ich mich jetzt? Ich komme noch dahinter, Doktor, mit Ihrer Hilfe komme ich dahinter…

Magda, wir müssen jetzt schön langsam…

Ja, ja, gleich, Doktor, nur noch… was will sie sagen, die Erinnerung, etwas verkrampft, im Traum, wie so oft bei solchen Begegnungen. Sind es wirklich nur die Erinnerungen, Doktor, die versuchen, ein ICH zu modellieren?

Falls das jetzt eine Frage an mich war – ja, ohne Erinnerung gibt es zumindest keine autobiografische Identität! *Ihre poetischen Konstruktionen sind schon sehr bemerkenswert.*

Meine? Ja, vielleicht? Als OP-Schwester war ich dabei, als einer Alzheimerpatientin, es war vor vielen Jahren, ein Bein amputiert wurde. Auf meine Frage an die Patientin nach der OP, wie ihr Empfinden ist, nur mit einem Bein, sagte sie: „Mir geht es gut, es war doch immer so!" Welcher fragmentarische Geist hat da gesprochen, Doktor? Vielleicht war alles immer so, und ich dachte nur, dass es einmal anders gewesen sei. Vielleicht existiert mein Körper zusätzlich auch als Phantom, als energetisches Feld, und mein Gehirn stellt nur den Bezug her.

Ich notiere: *Wunsch nach dem Verlust des Gedächtnisses!?*

Ein Täuschungsmanöver, Sie sehen das auch so, Ihr Lächeln Doktor, Ihr Lächeln. Das würde die Existenz von Phantomschmerzen und Phantomgliedern erklären. Wo bin ich jetzt? Diese Frage stelle ich mir immer öfter!

„Du weißt doch, was ich dir sagen will", sagte sie dann, die Erinnerung, die auf den Wellen, Sie wissen schon – oder war es eine andere? Woher wusste sie, die Stimme, dass sie etwas dachte, das sie mir sagen wollte, und wieso wusste sie, dass etwas in mir das wusste, was sie sagen will? Wer von uns dachte ein Wissen? Wer weiß wirklich, was Wissen ist? Doktor, Sie wissen es doch auch nicht, Sie tun nur so – nein, sagen Sie jetzt nichts, ich brauch gerade jetzt keine Interpretationen!

Und, das ist doch immer die große Frage: Welchem Körperteil könnte man dieses Wissen, wenn es denn eines ist, zuordnen? Welches Geheimnis verbirgt sich hinter dieser grübelnden Verzweiflung? Geheimnisse haben immer so etwas Wertvolles, so etwas Anziehendes, so etwas, was nur dem Geheimnisträger gehört. Niemand, absolut niemand darf es erfahren, obwohl vielleicht alle ähnliche Erfahrungen gemacht haben. Was sollte an der Verzweiflung durch die Erinnerung schon wertvoll sein? Ich muss es wissen, sonst trägt mich die Zeit davon.

Woher kam diese Ungeduld?

Wer wurde da jetzt neugierig? Woher kam diese Neugierde?

Also fragte ES etwas ungeduldig, neugierig, was an der Verzweiflung durch die Erinnerung denn so wertvoll sein könnte. Das Gleiche hätte ES aber auch über die Neugierde und die Ungeduld fragen können. Wer war hier so verzweifelt, dachte ES. Oder war ES das Universum, das ihrem Unglück Ausdruck geben will – über die verzweifelte Erde und diese Erde dann durch etwas in mir, durch die Erinnerung?

Ich kann ihr nicht mehr folgen, will ihren Redefluss aber nicht unterbrechen.

Oder war ES nur der Stein, der Jahrtausende gebraucht hatte, um hier auf der Insel IRGENDWO, im Wasser, einem Fuß das Gefühl zu geben, der Geist zu dem Bein sei existent?

Welche Verwirrung hat hier die Macht? Er, dieser uralte Stein, dieser scheinbar Erinnerungslose, lag genau vor den Füßen, er half, die Lächerlichkeit einer kurzen Existenz zu relativieren. Gedanken sind wie Steine! Sehen Sie das auch so, Doktor? Nein, sagen Sie jetzt nichts!

Ich werde sie alle tragen und fallen lassen, diese beschissenen Steine – gut, oder? Hatte da gerade etwas in mir „ICH" gesagt? Wie lange schon? Wie kann das sein, wenn ein scheinbar gedachtes ICH von einem anderen ICH, das vielleicht auch nur gedacht ist, gefragt wird über das ICH, welches gerade fragte? Irgendwer war es jedenfalls auf der Insel IRGENDWO. Denken Sie darüber nach, Doktor – für heute mache ich Schluss!

Gut Magda, wir sehen einander wieder nächste Woche.

Magda hat mich inspiriert. Beziehungen fließen durch meine neuronalen Zellen. Ich begegne zu oft Menschen, die sich wichtigtuerisch, rücksichtslos, gleichgültig, berechnend, verantwortungslos, narzisstisch und selbstzerstörerisch verhalten, manches Mal endet das in der Bereitschaft zur Gewalttätigkeit. Corona war immer schon unter uns, dieser Gedanke lässt mich nicht los!

Erstaunlich für mich ist, dass sich nur sehr wenige Menschen über ihre gestörte Gefühls- und Handlungssituation im Klaren sind, das ist das Dilemma. Diese Beziehungsstörungen, im Frühstadium der Kindheit erzeugen im sozialen Miteinander starke Irritationen, zum Leidwesen vieler Mitmenschen – im Extremfall bis hin zu Fremd- und Selbsttötungsfantasien, denen viel zu oft reale Handlungen in Form von Gewalt folgen.

Was will uns das Corona-Virus sagen? Vielleicht will es uns folgendes sagen: ich habe es satt, zu vielen von euch Menschen bei der Selbstvernichtung der gesamten Menschheit zuzusehen; ich habe es satt, zu vielen von euch Menschen bei Machtmissbrauch, Kriege und Gewalt zuzusehen; ich habe es satt, zu vielen von euch Menschen bei übermäßigen Konsum, Selbstsucht, Gier und EGO-Verhalten zuzusehen; ich habe es satt, zu vielen von euch Menschen bei der Zerstörung eurer Lebensgrundlagen zuzusehen!

Magda ist trotz ihrer komplexen „Problematik" ein Mensch mit hohem Reflexionsvermögen. Durch sie lerne ich vieles, auch über mich. Begegnungen, wie bereichernd, schön, grausam und beängstigend sie auch sein mögen, sie entstehen durch Resonanzen, nicht durch Zufälle.

Dzelardini: Eine holistische Denkweise, wie Herr Lammer sagt, hilft uns das weiter, wenn wir die Menschheit retten wollen, Frau Laszlo?

Laszlo: Ja, natürlich muss auf der Bewusstseinsebene eine Entwicklung stattfinden, sonst werden wir in die Steinzeit katapultiert. Nun, um diese Situation in der Welt zu verändern und ein menschenwürdiges Leben für alle Lebewesen doch noch zu ermöglichen, braucht es Visionen und Perspektiven. Mein Ansatz, Frau Dzelardini, ist folgender: Eine radikale Transformation des gesellschaftlichen Lebens und der Bildungsmaßnahmen steht uns bevor!

Dzelardini: Frau Laszlo, was verstehen Sie unter Transformation der Bildungsmaßnahmen?

Laszlo: Wie darf ich Ihnen das erklären? Die Menschen sprechen immer von Erziehung. Aber Erziehung mit welchem Ziel? Meinten sie Bildung und Erziehung zu funktionierenden Arbeitssklaven? Es wurde erzogen und gebildet, wie die Wirtschaft es wollte – aus – Punkt.

Anstatt Erziehung würde ich lieber Entwicklungsbegleitung oder Begleitung zur Entfaltung der Persönlichkeit sagen – das klingt nicht nur besser, sondern trifft auch das Wesentliche, behaupte ich mal. Als Mensch, der Kinder liebt, sehe ich das mit dem Begleiten von jungen Menschen, das sind Kinder nämlich, etwas anders. Was junge Menschen wirklich brauchen, ist: Vertrauen, Verständnis, Zuneigung, die Förderung ihrer kreativen Anlagen und das Angebot einer Reflexion der eigenen Lebenssituation, die ja zum Teil sehr traumatisch erfahren wurde. Diese Erkenntnis ist ja nicht neu, hat sich aber offensichtlich noch nicht bis zu den Bildungs- und Gesundheitsministerien und vielen unbegabten PädagogInnen durchgesprochen.

Eines ist doch unbestritten: Wer Kinder nicht vom Herzen liebt, sollte die Finger von ihnen lassen. Es geht ja nicht darum, Fakten, Formeln und Zahlen von PädagogInnen eingepaukt zu bekommen. Es geht darum, wie wir auf spielerische Art den jungen Menschen ein Lernerlebnis anbieten können, das auch Spaß macht, das Freude bereitet, das auch Räume öffnet für emotionale Entlastung! Natürlich geht es auch darum, dass es Sinn macht, Regeln einzuhalten, um unser Miteinander lebenswert zu gestalten. Ich behaupte: die kreative Vielfalt im Tun bietet hier viele Möglichkeiten, das angelegte Potential der jungen Menschen zu fördern, es an die Oberfläche zu bringen. Nur so können junge Menschen lernen, dass alles, was in ihnen steckt, sehr wohl wertvoll sein kann.

Dzelardini: Wie Sie sagten, Frau Laszlo, alles nicht neu, kann ich gut nachvollziehen. Nur, wie die globale Umsetzung gelingen könnte, das würde mich interessieren.

Laszlo: Das wird tatsächlich eine Herausforderung, Frau Dzelardini. Ein Grundproblem, das ich selbst leidvoll erfahren musste und das auch heute noch viele junge Menschen erdulden müssen, ist die permanente Abwertung, der sie ausgesetzt wurden und teilweise immer noch werden. Aber wir werden diesbezüglich riesige Fortschritte machen. Lassen Sie mich noch eines zu Ende denken und aussprechen. Was passiert denn durch Entwertung? Durch Abwertung, Strafen und krankhafte Machtdemonstrationen von überforderten ErzieherInnen und PädagogInnen, wobei das natürlich beileibe nicht alle sind, dies möchte ich hier ausdrücklich betonen, wird eine Zeitbombe gezündet. Kinder brauchen, wie gesagt, Liebe, Zuwendung und Verständnis, das schafft Raum für ihre lustvolle kreative Energie.

Denn eines scheint doch klar: Durch pädagogisches Einpauken und Bewertung auf Basis eines veralteten Notensystems, was ja letztendlich auf Machtmissbrauch hinausläuft, entsteht eine Eigendynamik, eine Abwertungsspirale beginnt sich zu entwickeln. Die jungen Menschen verlieren erstens die Lust, Neues anzunehmen, und zweitens, was noch gravierender ist, ihr Selbstwertgefühl, was wieder irgendwie kompensiert werden muss.

Dzelardini: Aber, Frau Laszlo, sind das nicht alles Utopien? Viele Menschen sind und bleiben unmenschlich.

Laszlo: Frau Dzelardini, ja, viele, aber nicht alle! Nur noch ein Satz zur Abwertung von jungen Menschen: Was sind die Folgen? Drogenmissbrauch, Gewalt, soziale Inkompetenz, das sind die Folgen, die wir ja alle kennen. Und für die wir alle zahlen müssen, in welcher Form auch immer!

Daher unsere Vision: Wir müssen diesen Kindern eine Zukunft anbieten, in der sie ihre Traumata verarbeiten können und Perspektiven bekommen. Zugegeben, sehr ambitioniert, es ist eine Herausforderung der besonderen Art – aber: Wir werden es schaffen. Eine kleine Schwedin hat ja schon einen Anfang gemacht, nur so am Rande.

Nächster Schritt: Warum sollten wir nicht weltweit von Kindern und Jugendlichen Lösungen erarbeiten lassen? Lösungen, wie sie sich ihr Zusammenleben vorstellen? Wie wünschen sich Kinder und Jugendliche eine lebenswerte Gemeinschaft? Wir würden überrascht sein, wie kreativ junge

Menschen sind. Gandhi hatte zu seiner Zeit so eine Umfrage gestartet. Landesweit wurden damals Schulkinder befragt: Was würdest du tun, wenn du die absolute Macht in Indien besäßest? Die häufigsten Antworten waren: den Armen ein Dach über dem Kopf geben, die Straßen sauber halten, gemeine Politiker und Lehrer entlassen, alle sollten genug zu essen haben, mehr Bäume pflanzen und nicht so viele Kinder auf die Welt bringen. Also dann: „Kinder an die Macht", das ist kein naiver Wunsch. Wir fangen ganz „unten", bei den Kindern und Jugendlichen an. Wir befragen sie, wir laden sie ein, uns ihre Visionen mitzuteilen, denn unser Motto ist: Fangen wir „ganz unten" an, dann müssen wir ganz oben nicht den Mist entsorgen. Diese jungen Menschen sollen nun in den Regionalparlamenten mitreden und mitentscheiden, es geht schließlich um ihre Zukunft.

Ich sehe Ihr Staunen, Frau Dzelardini. Wie darf ich Ihnen das erklären? Es gibt eben auch diese andere Seite. Viele dieser jungen verzweifelten Menschen können durch ihr Mitbestimmungsrecht bewirken, dass eine Umkehr eingeleitet wird, und sie werden es tun. Diese jungen Menschen, die noch keine Drogen- und Gewaltopfer sind, die noch eine Zukunft vor sich haben, wollen ihren Planeten nicht aufgeben, sie werden ihren berechtigten Zorn auf uns und die Vorgenerationen in positive Energie umwandeln. Ich verneige mich vor diesen jungen Menschen; ihre Haltung, diese Größe wird für viele der älteren Generationen beschämend sein, ich nehme mich da nicht aus! Wie kann Rettet den Planeten in der Praxis funktionieren, werden Sie mich gleich fragen?

Dzelardini: Das ist allerdings eine spannende Frage!

Laszlo: Wie soll ich sagen? Für radikale Verwandlungen

braucht es radikale Denkweisen. Eine davon wird sein: Millionen SozialarbeiterInnen, PsychologInnen, TherapeutInnen werden nötig sein, um junge, traumatisierte Menschen auf ihrem Weg in eine friedliche Zivilgesellschaft zu begleiten. Durch den digitalen Kapitalismus werden die meisten Arbeiten ja automatisiert: Industrieroboter, transhumane Roboter, wohin man auch schaut, werden sie Produktionshallen erobern. Der Nachteil der Automatisierung wird sein: virtuelle „ChefsekretärInnen", die dir morgens die Vorhänge aufziehen, das Frühstück bereiten, deinen Kindern drei Sprachen beibringen, deine Termine einteilen und dir sagen, wann du aufs WC gehen und wann du Sex haben sollst, was du anziehen sollst und wer für dein Leben wichtig ist und wer nicht – das kommt einer Entmündigung gleich – wird sich aber Gott sei Dank nach mit der Zeit abnützen.

Mit den Robotern bekommen wir so ab dem Jahr 2030 ein weiteres riesiges Problem: Sie ersetzten so an die 900 Millionen Jobs in Banken, Versicherungen, in den Supermärkten und in der Produktion. Roboter sind billiger, werden nie krank, brauchen keinen Urlaub und arbeiten fehlerfrei, da wird kein Mensch mithalten können. Man wird diese Roboter der neuesten Generation ja kaum noch von Menschen unterscheiden können.

Der Vorteil der Automatisierung, der sogenannten digitalen Revolution wird sein: Menschliche Qualitäten wie Empathie, Kreativität, Kunst, Kommunikation, Teamgeist, Mitgefühl und Zuwendung bekommen mehr Raum. Ein Paradigmenwechsel im Bildungsbereich wird stattfinden, wie vorhin erwähnt. Dazu später noch mehr.

Die freie Zeit wird für ein soziales, kreatives Miteinander genutzt werden. Menschen, die das verstanden haben, werden endlich Sinnvolles für ihre Mitmenschen tun. Neidgedanken haben keinen Nährboden mehr, da wir für ein generelles Grundeinkommen sorgen werden, wenn die Menschen bereit sein werden, einen Teil ihrer Zeit für soziale Tätigkeiten zu verwenden. Damit können wir dann den hohen Betreuungsaufwand, der zweifellos auf eine Gesellschaft zukommt, die immer älter wird, abdecken.

Später kann ich Ihnen auch noch über die geldlose Gesellschaft berichten. Das alles wird uns weltweit, nicht gleich flächendeckend, aber doch gelingen. Ein weiterer Vorteil dieser Transformation im Miteinander wird sein: Wir werden uns vermehrt auf die Ausbildung in Sozialberufen konzentrieren. Diese Berufe erfordern eben diese menschlichen Qualitäten. Ein guter Teil der jungen Mitbürger hat das jetzt schon verstanden! Denn eines wurde unseren jungen Menschen schon bewusst:

Es macht Freude, Mitmenschen hilfreich die Hand entgegenzustrecken, sie in ihren Nöten und Sorgen zu unterstützen. Aufrichtige Dankbarkeit erwärmt unsere Herzen. Alles nicht neu, aber diese Rückbesinnung auf unsere menschlichen Fähigkeiten wird im digitalen Zeitalter überlebenswichtig. Das konnten Roboter noch nicht anbieten, sie sind seelenlose Wesen.

Die soziale Interaktion erfährt – sozusagen paradoxerweise - durch das digitale Diktat eine Renaissance, das kann man so sagen! Ja, sie, die Jungend, wird einiges auf die Reihe bekommen, großen Respekt, da kann man nur den Hut ziehen vor der jungen Generation.

Wie kann ich es besser ausdrücken? Die Menschen, sie werden es spüren, werden wieder Freude am Leben haben, dieses Gefühl haben sie lange Zeit entbehren müssen. Sie mussten es durch Konsum und Drogen kompensieren. Unser Wirtschaftssystem, der Konsumkapitalismus, funktioniert bislang nach dem Motto: „Erschaffe unzufriedene Menschen, produziere sinnloses Zeug und werde reich dabei!"

Wie darf ich Ihnen unsere Motivation erklären? Ich und viele meiner Generation, die gibt es ja auch noch oder wird es noch geben, sehen es als unsere Pflicht, sogar als unsere Bestimmung, einfach auch unserem Gewissen geschuldet, zu dieser Vision, zur Rettung der Menschheit beizutragen. Eines wurde uns dabei klar: Menschen, die täglich von neun bis fünf Uhr mit langem Gesicht zur Arbeit gehen müssen, zum überwiegenden Teil ausgebeutet werden (in Bangladesch bekommst du zwei Dollar pro Tag), um ihren Lebensunterhalt zu verdienen, können keine glücklichen Menschen sein. Sie werden oft krank und die Bosse der Gesundheitsindustrie freuen sich. Ja, das musste jetzt sein!

Viele dieser monotonen Jobs in Banken, Versicherungen und den Supermärkten erledigen in Zukunft künstliche Intelligenzen, die vorhin erwähnten Roboter.

Für Veränderungen und Weiterentwicklungen sind ein paar Dinge notwendig: ein „neues" Menschenbild, viel Mut, Innovationsgeist, wissenschaftliche Erkenntnisse über gesellschaftliche Zusammenhänge, neue ökologische Prozesse, neue Technologien und vieles mehr. Eine Mammutaufgabe wartet auf uns alle. Aber vor allem ist es von essenzieller Bedeutung, die Entwicklung eines neuen Bewusstseins, Herr

Lammer hat es angesprochen, als Basis für ein friedliches Miteinander voranzutreiben.

Wie gesagt: Bei den Jungen anfangen und auch bei den Erwachsenen das Bewusstsein weiterbilden. Die Gesellschaft muss vom zerstörerischen Egoismus befreit werden, sonst wird dieser Egoismus zum Totengräber der Menschheit!

Ich muss bereit sein, das aufzugeben, was ich bin, um zu dem zu werden, was ich sein kann. Wer bin ich? Was bin ich? Was kann ich tun? Paradoxerweise gab mir das Covid-19-Virus endlich Zeit um über mich, über mein Sein nachzudenken. Vielleicht schicke ich diese Gedanken, die ich jetzt zu Papier bringe, auch Frau Dr. Kralic?

Aus der Erkenntnis, dass ich behaupten kann „ich denke", folgt nicht bedingungslos, dass es ein ICH gibt, das denkt. Es gibt viele Zustandsbeschreibungen, die mit einem ICH-Gefühl verbunden sind: ich denke, ich fühle, ich handle, ich stelle mir vor usw.; doch herauszufinden, wer oder was oder wo oder wie viele ICHs denn da sind, die mit Denken, Fühlen, Handeln, Vorstellen in Verbindung gebracht werden können, ist ein schwieriges Unterfangen.

Wer ich wirklich bin, wer man wirklich ist, wer weiß das schon? Gott? Kann das im irdischen Gedankengefängnis überhaupt gewusst werden? Was ist Wissen? Die üblichen Identifizierungskriterien wie Alter, Bildung, Beruf, Aussehen, Familienstand, Hobbys, soziales Umfeld, Wohnverhältnisse reichen nicht aus, sind doch nur begrifflich-funktionale Beschreibungen, beziehen sich auf die materielle Welt und geben höchstens Auskunft darüber, was mein EGO mir vorgibt zu sein, sind aber keine Aussagen darüber, WER ich bin – ein kleiner, aber wichtiger Unterschied. Um wirklich sagen zu können, wer ich bin, muss ich bis zum WAHREN SELBST vordringen. Vielleicht entdecke ich meine wahre Identität und vielleicht, wer weiß, entdecke ich etwas Interessantes, mir bislang Unbekanntes.

Ich muss alles noch einmal durchdenken. Der Sinn des Lebens und der Sinn dieses Virus haben bei mir noch nicht den Raum, noch nicht die Verwurzelung bekommen, um das Leben zu verstehen. Ich sollte mein Bewusstsein erweitern, die sinnlichen Wahrnehmungsgrenzen überschreiten. Sozialisiert wird nur das eingeschränkte Wachbewusstsein, das Unbewusste kennt keine Normen und keine Moral, ich muss dieses verborgene Wissen erfahren. Wir alle sollten mehr über uns erfahren, mehr über jene Bereiche, die uns verbinden. Das kollektive Unbewusste, der C. G. Jung hatte Recht! Wie peinlich ist das denn?

Ich brauche mehr Klarheit. Meine Existenz steht auf dem Spiel, da ist noch reichlich Aufklärungsbedarf – ich sollte da noch intensiver daran arbeiten – ich brauche mehr Erkenntnis. „Wer stirbt, bevor er stirbt, der stirbt nicht, wenn er stirbt!", ja, wir alle verlassen irgendwann unseren Körper – aber es sollte zur richtigen Zeit sein. „Das Sterben sollte meditativ vorbereitet werden", meinen die Buddhisten. Wann kann ich jemals mit absoluter Gewissheit sagen, ob ich bereit bin, diese Welt zu verlassen? Bestimmt das ein Virus? Was ist ein erfülltes Leben?

„Der Mensch ist eine kosmische Wesenheit!", sagte C.G. Jung zu mir, ich lachte, aber er hatte wieder Recht, ein aufmerksamer Denker und sehr spirituell. Wir trafen einander jedes Jahr, so um die Weihnachtszeit. Bei unseren Gesprächen fanden sich durchaus auch immer wieder Gemeinsamkeiten – nicht nur! Ich mag Menschen mit Tiefgang, das hätte ich dem Jung sagen sollen. Wenn „Väter" ihren „Söhnen" nicht mehr Weisheit gönnen, dann sind sie dumme „Väter". Das behalte ich für mich!

Lieber Freund, es geht um die Entwicklung der Seele, sie ist als dein kosmisches Sinnesorgan eingebettet in die unendliche Bewusstheit und in deinen Leib. Das Wachstum deiner Seele, welche eine Erweiterung deiner Bewusstheit zur Folge hat, ist ein fundamentales Ereignis, das alle Manifestationsformen deines Lebens steuert. Ist dann dein Leben mit all seinen Aufgaben und Anlagen vollendet, verliert der Tod seinen Schrecken, die Angst des Nichtgelebten hat keine Basis mehr – ist doch ganz einfach, Sigmund!

Hat er jetzt Sigmund gesagt? Egal! Ich wusste, dass ich dir begegnen werde, du Rätsel meines Lebens. Welcher Geist durchdringt mich, wenn ich denke, dass ich im Zwiegespräch gefangen bin? Welches Bewusstsein reflektiert dann diese Gespräche? Der Jung oder mein Ich?

Du kennst mich sehr gut, aber das ist schon lange her. Ich war dein Schüler, ich war nie gegen dich, nur mein Bewusstsein hat sich etwas anders entwickelt. Ich habe dich mein ganzes Leben geliebt – hab noch etwas Geduld, lieber Sigmund.

Gut, jetzt nur keine Panik, ich bin ganz bei mir, rein theoretisch: Es könnte doch sein, dass unterschiedliche Bewusstseinszustände jeweils zu einem eigenen ICH assoziiert werden, das wäre an sich ja nichts Neues. Diese Stimme könnte doch eine von diesen Zuständen sein? Wäre das dann die viel zitierte „multiple Persönlichkeit"? Vielleicht bin ich so eine multiple Persönlichkeit, nur mein Zentralbewusstsein oder meine erweiterte Bewusstheit, wie ich gerade vernommen habe, falls diese tatsächlich existent sein sollte, weiß davon nichts! Wer denkt jetzt solche Zusammenhänge? Oder halluziniere ich schon, oder was ist das? Hängt das mit Covid-19 zusammen? Wer denkt da wirklich meine Gedanken?

Pfuscht mir da tatsächlich wieder der Jung in meine Gedanken? Was willst du mir damit sagen – oder was will „ich" mir da erzählen?

Ich weiß jetzt, was du meinst, Sigmund: der generelle "Denkfehler" liegt da meiner Meinung nach in deiner materialistisch-dualistischen Art zu denken, von der du nur schwer loslassen kannst. War doch unser Thema! Übrigens: ein Großteil unserer Spezies denkt leider immer noch so! Da aber alles mit allem verbunden ist, wie in einem holografischen System, sind diese konstruierten ICH- und SELBST-Anteile sprachliche Krücken für Informationssysteme, welche durch permanente Wechselwirkung und Rückkopplung vom Geistigen zum Materiellen werden – und umgekehrt. Der wesentliche Unterschied zwischen deiner Denkweise und meinem Sein liegt meiner Meinung nach darin, dass ich ja weder an Raum noch an Zeit gebunden bin. Das kosmische Bewusstsein, so will ich das für Euch Unerklärliche nennen, ist permanent in allen Wesenheiten und wird auch unterschiedlich wahrgenommen. Aber vorerst solltest du darüber nachdenken, was noch offen ist, in deinem Leben, über den Auftrag deiner Seele.

Klugscheisser, ich hasse dich, ich liebe dich! Der Jung, er war mir immer schon überlegen. Ganz ruhig bleiben. Also vielleicht doch ein zentrales, aber doch irgendwie ein erweitertes Bewusstsein, als mein ÜBER-ICH, das mich hier anspricht? Ich weiß nur, ich bin noch nicht verrückt. Weiß ich das? Vielleicht doch ein kosmischer Dialog? Oder ist es die „göttliche Stimme", die sich hier eine eigene Denkfabrik einrichtet und mit mir ihre Späße treibt? So ein Unsinn! Ich weiß es nicht, verdammt – ich weiß es einfach nicht – Punkt – Schluss!

Wir sollten ernster kommunizieren, Sigmund! Wie sieht es mit der Bilanz deines Lebens aus?

Kann eine Lebensbilanz jemals ausgeglichen sein? Welche Bilanz meinst du? Die soziale, die emotionale, die ökonomische oder die rationale, wobei es bei allen noch Differenzierungen gäbe – das wird sehr kompliziert, und übrigens: Bei keinem von uns ist die Bilanz des Lebens ausgeglichen. Denke an deine PatientInnen, die du verführt hast! Na, wie ausgeglichen sind wir da? Wer könnte so etwas angesichts der potentiellen Möglichkeiten, die das Leben bietet, von sich schon behaupten? Ich will mich da jetzt nicht rechtfertigen. Aber die größte, die schwierigste und die aufregendste Aufgabe meines Lebens ist, so banal es klingt, die Sinnfrage. Sie kommt immer wieder, sie lässt mich nicht los. Der Sinn des Lebens kann doch nicht die Selbstzerstörung der Menschheit sein – oder doch? Wir müssen die Botschaft dieses Corona-Virus verstehen lernen. Ich komme nicht davon los! Noch nie habe ich so eine emotionale Nähe zu einer Aufgabe verspürt, so eine Stimmigkeit. Vielleicht sind es nur die Gedanken einer moralischen Verpflichtung, die eine Bilanz einfordern? Vielleicht kann das Leben jederzeit – und manchmal ist es doch so – beendet werden? Bilanzen, Denken, ja – können wir tatsächlich Entscheidungen herbeiführen oder denken wir nur, dass wir Wahlfreiheit haben? Wir vermuten doch, dass alle Entscheidungen im Unbewussten gemacht werden, kurz bevor wir uns bewusst glauben machen, wir – unser rationales Bewusstsein – haben entschieden. Wie auch immer, ich unterstelle mir vorerst, dass ich doch einen freien Willen habe – unterbrich mich nicht, ich weiß, dass diesbezüglich heiße Diskussionen unter den Neurologen im Gange sind. Ich muss jetzt entscheiden, denke ich – oder mein Unbewusstes hat es bereits für mich getan – es muss etwas geschehen, ein dünner Faden, unsere Existenz steht auf dem Spiel, ein schweres Gewicht. Welchen Weg müssen wir wählen, wie kommen wir zu der Erkenntnis von allem, zum Sinn des Lebens, um das zu tun, was an Aufgaben noch offen ist im Leben? Ein unbewohnbarer Planet, auf Grund der Zerstörung unserer Lebensgrundlagen, sollte nie die Lösung sein, das war mir von Beginn an klar. Nur: Ist die Menschheit – oder besser, ein großer Teil - wirklich einsichtig und bereit Selbstverantwortung und Verantwortung zur Erhaltung der Spezies Mensch zu übernehmen? Die Entscheidung, die muss jeder für sich treffen. Auf welcher Basis? Das EGO ist zur tödlichen Belastung geworden. Wenn gedankliche Prozesse die Basis von Handlungen sind, dann stellt sich die Frage nach dem, der so denkt. Wer bin ich wirklich? Seit Menschengedenken wird diese Frage aufgeworfen – und wie oft wird eine befriedigende Antwort gefunden?

Wirklichkeit basiert nicht nur auf dem Fundament naturwissenschaftlicher Erkenntnisse, die in abgeschotteten Denkprozessen gewonnen werden.

Das wird mir nun auch immer bewusster, danke, Carl Gustav.

Sind es die schlauen Sprüche eines Freizeitphilosophen oder die Halbwahrheiten, die mein ICH oder wer auch immer sehr geschickt als Produkt einer eigenen Identität verkauft?

Ich wollte in jungen Jahren immer schon alles wissen, in mich aufsaugen, in Bescheidenheit leben und nachdenken über das Denken, experimentieren, um das Dahinter zu entdecken. Wollte dem falschen SEIN den Schleier abnehmen,

dem Unerklärbaren begegnen. Wollte immer schon in die geistigen Tiefen eintauchen, in die Abgründe, aber auch im meditativen Erleben das Glück der „Erleuchtung" finden. Deshalb solltest du auf mich hören, Sigmund!

Das mache ich ja! Meine Neugierde ist auch unbegrenzt. Was weiß ich schon? Was weiß ich heute? Wissen ist begrenzt, Erfahrung ist alles. Ein falsches Selbstbewusstsein ist oft die „rettende Insel", welche das Leben noch erträglich macht. Überleben heißt auch verdrängen können. Maskiert kommt ES aber dann doch zum Vorschein, das Verdrängte, in unseren Träumen, in der Art zu handeln, zu sprechen und zu fühlen, es bestimmt unser Leben, das Unbewusste.

Lieber Sigmund, wie narzisstisch wäre die Entscheidung, die Menschheit retten zu wollen? Nicht „nur" vor Covid-19, es steht doch viel mehr auf dem Spiel!

War das eine Anspielung? Egal! Bipolarität wird in der Psychiatrie als Krankheit eingestuft. Sie ist aber Bestandteil unserer Existenz geworden. Der Größenwahn hat um sich gegriffen. Immer mehr und mehr und jetzt stehen wir bald vor dem Nichts. Nach jedem konsumierten „Gipfel", erreicht oder auch nicht, kommt der Absturz ins Tal der Finsternis. Meine Drogensüchtigen Patienten kennen dieses traurige Spiel.

Mit Drogen kennst du dich ja gut aus, lieber Sigmund!

Sehr amüsant! Wie auch immer, ich will es jetzt wissen, die Antwort, sie ist in mir, ich spüre das - intuitiv. Beschenke mich, du Ungreifbares, du weißt doch alles. Woher kommst du, du Konstrukt meiner Phantasie? Wer streicht da durch mein Gehirn und spielt die erste Geige? Leide ich doch an Schizophrenie? Wieso leiden? Warum soll ich mich nicht mit

„jemandem" unterhalten, der mir endlich sagt, wohin die Reise gehen soll? Selbst wenn es der Jung ist!

Die Erfahrungen reflexionsfähiger Wesen gehen nicht verloren, sondern werden im kosmischen Bewusstsein gespeichert, werden Bestandteil des kollektiven kosmischen Bewusstseins. Das habe ich doch schön gesagt, ja, ich gehöre zu dir – obwohl es dich so nicht gibt, wie du denkst, dass es dich gibt. Der Horizont deiner Bewusstheit ist ausschlaggebend, je weiter sie entfaltet ist, umso differenzierter ist dein Lebensraum. Die Eröffnung neuer, unbekannter Denkräume wäre ein Ansatz.

Ja, ist ja gut, ganz einfach - denke das Undenkbare, ich weiß, aber wann erfahre ich die Zusammenhänge? Ich lebe im geistigen Chaos! Ist das jetzt endlich angekommen? Ich will es erleben, will nicht in theoretischen Spinnereien ertrinken.

Entdecke deine Lebendigkeit, Sigmund!

Oh, danke, und wie kann ich sie erleben, diese Lebendigkeit, fragt sich gerade der Analytiker in mir. Diese Sehnsucht - umhüllt von einer ozeanischen Geborgenheit - nach dieser Lebendigkeit, der Suche nach der Wahrheit, ist die treibende Kraft in mir. Oder ist es nur der Wunsch, ins Vorgeburtliche zu entfliehen? Die Suche nach der Existenz, als noch kein ICH bewusst war? Hat das etwas mit Geburt zu tun? Ein regressiver Anspruch an das Leben? Treibt mich die Angst vor dem Ende wieder zum Anfang, zu einem Daseinszustand ohne Endlichkeitsbegriff? Sollte das hier der Anfang sein, um dann, wenn die Zeit reif ist, den Abschied dieser Existenz annehmen zu können? Sind das alles nur Deutungen eines angeschlagenen Analytiker Gehirns?

Um das zu erfahren, muss sich deine und die Erkenntnis der anderen erst in die unbegrenzte Bewusstheit hinein wagen.

Wer bist du wirklich, wenn du nicht Gott bist, der mich hier herausfordert?

Ich bin die grenzenlose Bewusstheit aus der Geisteswelt, deine „innere Stimme", es gab mich immer schon, du Ignorant. Gemeinsam hätten wir noch mehr erreicht, lieber Sigmund. Wir kennen einander schon seit der Ewigkeit.

Immer schon? Warst du mein Denken, schon vor meiner gedanklichen Zeit? Wer denkt jetzt durch mich, seit ich denken kann? Wo bist du?

Wer mich mit der Begrenztheit des Verstandes sucht, wird mich nie finden. Raum und Zeit haben keine Bedeutung in der grenzenlosen Bewusstheit.

Oh – Verzeihung, Eure „Gottheit", ich vergaß Eure Unbegrenztheit – arroganter Hund.

Dzelardini: Frau Dr. Morino, würden Sie uns jetzt einen Überblick über Covid-19, über die sogenannte Corona-Pandemie geben? Ich denke, die Zuseher und ZuseherInnen – gebe zu, auch meine Wenigkeit – haben großes Interesse endlich über die wahre Bedrohung durch dieses Virus aufgeklärt zu werden. Frau Morino, Sie sind in Fachkreisen eine hoch anerkannte Immuntoxikologin und äußerten sich öffentlich im Zusammenhang mit der Covid-19-Pandemie in Deutschland und Italien mit folgenden Worten: „… die Reaktionen der Politiker seien zum Teil unverhältnismäßig und maßlos…". Sie begründeten diese Auffassung damit, dass die Gefährlichkeit des Covid-19-Virus mit der Gefährlichkeit von Influenzaviren vergleichbar wäre.

Morino: Das ist korrekt! Danke für die Einladung, ich freue mich, wenn ich zur Aufklärung in Bezug auf Covid-19 einen Beitrag leisten kann. Ich möchte nur mal in Erinnerung rufen, dass im Jahr 2017/2018 die Grippewelle in Deutschland an die 20.000 Todesopfer gefordert hat. Warum hatte man vor drei Jahren die Menschen mit Vorerkrankungen oder wegen Ihres hohen Alters nicht besser geschützt? Zurzeit sind weltweit so an die 1,2 Millionen mit oder durch Covid-19 gestorben. Im gleichen Zeitraum verhungerten aber auch viele Millionen Menschen, darunter Millionen Kinder. Oder nehmen Sie Malaria, Millionen Menschen mussten in den letzten Jahren daran sterben. Millionen Tote durch Umweltkatastrophen. Jetzt will ich damit sicher nichts gegenrechnen, gebe aber zu bedenken, dass auf unserem Planeten noch schlimmere Dinge geschehen als Covid-19, wenn man die Zahlen betrachtet. Den Aufschrei habe ich bis jetzt vermisst. Vielleicht sind die Ursachen im Egoismus, im Menschenbild der westlichen Industriestaaten zu finden? An Covid-19 kann potentiell jeder Mensch erkranken, das macht weltweit Angst, das macht den Unterschied. Aber kommen wir zur aktuellen Situation:

Vorerst eine kurze Definition: Viren sind Bestandteile des ökologischen Lebensraumes, sie gehören zu unserem Leben, zu unserer Umwelt, zu unserem Verdauungssystem. Rund die Hälfte unserer Erbanlagen stammt von Viren. Viren sind per se nicht böse. Sie sind nur unvorstellbar viele, man schätzt so an die zehn hoch dreiunddreißig Viruspartikel auf diesem Planeten. Viren stehen ganz am Anfang der Evolutionsentwicklung, wir brauchen Viren, sie sind nicht primär Krankmacher. Sie führen nur dann zu Krankheiten, wenn unser Immunsystem noch nicht genug angepasst ist, um uns vor krankmachenden Viren zu schützen, denn es gibt natürlich Mutationen, die unserem Organismus schaden können. Vor allem Menschen

Thema Impfstoffe – und es wird ein großes Thema: Ich untersuche die Wirkungen und Auswirkungen von Impfstoffen. Was ist ein Impfstoff! Man kann wirklich sagen, dass Impfstoffe eine der großen Errungenschaften der Medizin sind. Denken wir nur an Pocken, Polio, etc… Das ist so, ob man nun für oder gegen Impfstoffe ist, sei vorerst dahingestellt. Welche Aufgabe hat nun ein Impfstoff? Ein Impfstoff soll im gesunden(!) Körper des Menschen eine Infektion auslösen, keine Erkrankung, das ist wesentlich; also kein klinisches Bild erzeugen. Der abgeschwächte Erreger, der geimpft wurde, wird von unserem Immunsystem erkannt und eine entsprechende Immunabwehr aufgebaut. Wird dann in Folge der Körper von einem echten Erreger befallen, so kann sich das Immunsystem wehren und den Erreger neutralisieren.

Dzelardini: Also eine Impfung ist eine vorbeugende Maßnahme, um im Ernstfall gerüstet zu sein.

Morino: Korrekt! Ich möchte noch ergänzen: Ein Impfstoff ist kein Medikament; Medikamente verabreicht man erkrankten Menschen und nimmt dabei eventuelle gesundheitsschädigende Nebenwirkungen in kauf; denken sie nur an die Chemotherapie, hier ist die Risikobewertung eine andere. Und jetzt kommt meine Einschätzung: Wenn Menschen, zum Beispiel durch eine Massenimpfung gegen Meningokokken geimpft wurden oder eine Vorerkrankung haben und dann zusätzlich eine Infektion durch einen Grippevirus oder auch Covid-19-Virus erfolgt, wird das Immunsystem überfordert und viele Menschen können dadurch sterben. Oder in dichtbesiedelten Großstätten mit hoher Luftverschmutzung sind die Lungen von vielen dort lebenden Menschen vorgeschädigt. Diese und vor allem ältere Menschen oder, wie gesagt, Menschen mit einer Vorerkrankung gehören da zur Risikogruppe. Das ist im Januar und Februar dieses Jahres mitten in Europa und in China passiert. Da gab es punktuell hohe und schwere Erkrankungen der Lunge, zum Teil mit Todesfolge, das ist richtig. Statistisch sollte man aber diese Zahlen nicht als Basis nehmen, da sich Luftverschmutzung und Immunabwehr nicht für alle Bevölkerungsgruppen gleich auswirken.

Dzelardini: Soll das bedeuten, dass in vielen Teilen Europas mit den gefühlt übertriebenen Maßnahmen übers Ziel hinausgeschossen wurde?

Morino: Das könnte man so sehen! Heute sind wir klüger, heute wissen wir mehr über die Clusterbildung. Statistiker können oft nicht alle Parameter berücksichtigen. Was ist nun zu tun? Damit das Gesundheitssystem nicht überfordert wird, müssen wir dafür sorgen, dass Risikogruppen geschützt werden. Denn ein lock-down hatte und hat auch riesige psychische Folgen, für diese werden wir alle noch „bezahlen" müssen. Covid-19 erzeugt Angst und Stressreaktionen, die in unserem Gehirn durch neuronale Verschaltungen erzeugt werden. Wenn Körper und Seele alle Kompensationsmöglichkeiten ausgeschöpft haben, die wahren Ursachen nicht beseitigt werden, bleiben oft nur mehr schwere Krankheit oder der Tod.

Ohne Hilfe wird das Gefühl der Angst, der Verzweiflung und Ausweglosigkeit in vielen Fällen extrem verstärkt und mündet häufig im Tod durch Covid-19, mangels Immunabwehr, ganz einfach! Deshalb wäre es sinnvoll, auf eine Dauerberieselung von Horrormeldungen zu verzichten. Ängste anzufachen wirkt kontraproduktiv! Nochmal: Durch Angst kollabiert das Immunsystem, kann sich nicht mehr wehren, gegen welche Eindringlinge auch immer!

Auf der einen Seite „retteten" wir durch den lock-down Menschenleben und auf der anderen Seite erzeugen wir Armut, Einsamkeit, Hunger und Tod. Ein gesellschaftspolitisches Debakel! Ein ganzheitliches Gesamtkonzept muss jetzt dringend geschaffen werden, sonst bricht das soziale Gefüge noch mehr zusammen!

Lammer: Ergänzend möchte ich noch ein paar Worte zur Eigenverantwortung und Clusterbildung sagen: Wir haben unter vielen jugendlichen und auch erwachsenen Mitbürgern ein Drogenproblem, sei es nun Alkohol oder härtere Substanzen. Bitte, es treffen sich doch die wenigsten Menschen auf Partys bis vier Uhr früh um Mineralwasser oder Fruchtsäfte zu trinken. Da gibt es dann keinen Abstand mehr, keine Verantwortung den Mitmenschen gegenüber, da fallen Grenzen und Tabus. Covid-19 zeigt uns jetzt die gesellschaftspolitischen Probleme ganz klar. Die Drogenproblematik, der Egoismus und der Generationenkonflikt. Und so wären wir wieder beim Thema der Bewusstseinsbildung, diesen Bildungsbereich haben wir vernachlässigt! Weltweit!

Dzelardini: Ja, Herr Lammer, das werden wir noch vertiefen. Vorerst eine andere Frage an Frau Morino: Wie lange dauert denn die Herstellung eines Impfstoffes, bis er flächendeckend einsetzbar ist?

Morino: Nur die Herstellung eines Impfstoffes dauert ein bis zwei Jahre, die Testphasen dauern dann nochmals Jahre. Ausnahme sind bezugsnehmende Impfstoffe, also Impfstoffe, die schon am Markt sind und adaptiert werden müssen, wie das bei den bekannten Grippeimpfungen der Fall ist.

Aber bedenken Sie, dass zum Beispiel der Impfstoff gegen die „normale" Grippe maximal nur den Erregerstamm des Vorjahres bekämpfen kann. Der Erregerstamm des aktuellen Grippejahres ist dem Immunsystem ja noch unbekannt.

Wir hinken immer hinterher, außer bei Masern oder Pneumokokken, nur als Beispiel, da verändern sich die Erregeroberflächen kaum, da bleiben die gleichen Impfstoffe wirksam. Ein Impfstoff soll ja wirksam sein, darf aber keine gesundheitsschädigenden Nebenwirkungen aufweisen, deshalb braucht es genaue und lange Testphasen, ein sehr komplexes Prozedere. Über die Zulassung eines Impfstoffes befindet dann letztendlich die EU.

Einen Impfstoff innerhalb eines halben Jahres auf die Menschheit loslassen empfinde ich als grob fahrlässig. Selbst wenn jetzt hunderte Labors gleichzeitig einen Impfstoff zum Schutz gegen das Covid-19-Virus suchen, kann der Impfstoff nicht schneller auf den Markt kommen. Eine Schwangerschaft dauert nun mal neun Monate und drei Mütter schaffen es auch nicht in drei Monaten, wenn ich das so boulevardesk formulieren darf. Was passiert jetzt? Es ist möglich, dass manche in der Pharmaindustrie unter hohen Zeitdruck versuchen werden, genetisches Material (mRNA) über eine Trägersubstanz, als Impfstoff, in die Zellen des Menschen zu implantieren. Also ein Eingriff in das Genom des Menschen, bislang wurde das nur bei Tieren gemacht. Ist das der Fall, wird eine ethische Schranke überschritten. Wir können daher nur hoffen, dass es in Zukunft sehr gut getestete Impfstoffe geben wird, die keine Schäden bei betroffenen Menschen durch Nebenwirkungen anrichten.

Dzelardini: Im einem bekannten Ärzteblatt vom Mai dieses Jahren ist bezüglich genbasierter Impfstoffe nachzulesen: „Als denkbare Nachteile gelten eine zufällige Integration von plasmidischer DNA in das Genom des Wirts: Die Integration könnte eine verstärkte Tumorbildung infolge einer Aktivierung von Onkogenen oder Deaktivierung von Tumorsuppressorgenen induzieren oder Autoimmunkrankheiten (z. B. Lupus erythematodes) hervorrufen". Was halten sie davon, Frau Morino?

Morino: Ja, Sie haben richtig aus dem Ärzteblatt zitiert. Ja, ich habe das auch gelesen, die objektive Wissenschaft weiß das auch! Nur, bei der breiten Öffentlichkeit ist das anscheinend noch nicht angekommen.

So, jetzt, ganz wichtig: Um so einen genetisch veränderten Impfstoff seriös zu testen, bräuchte es fünf bis acht Jahre. Die gesundheitsschädigenden Nebenwirkungen sind bei zu kurzen Testphasen nicht kalkulierbar. Kollateralschäden, wenn ich das so formulieren darf, sind daher nicht auszuschließen.

Noch ein Wort zu den kolportierten Zahlen: 85% der an Covid-19 infizierten werden nicht krank, wird leider nicht so klar kommuniziert. Dann gibt es unseriöse Verzerrungen bei den Todesstatistiken. Ja, viele Menschen sterben mit Covid-19, aber nicht alle durch Covid-19, da sollte man ehrlich bleiben. Mit den Todeszahlen und Zahlen der Infektionen wird weltweit ein Wettbewerb des Horrors inszeniert. Es gibt wesentlich aggressivere Viren, denken Sie nur an Ebola, damit will ich Covid-19 sicher nicht verharmlosen. Covid-19 wird beherrschbar werden, davon bin ich überzeugt. Ob die Menschheit daraus lernen wird – davon bin ich noch nicht überzeugt.

Dzelardini: Ist ein weiterer lock-down Ihrer Meinung nach gerechtfertigt?

Morino: Da sollte man differenzieren: Politiker befinden sich in einem Dilemma: Sie müssen Wirtschaftsinteressen gegen Gesundheitsinteressen abwiegen. In jenen Ländern, wo das Verantwortungsgefühl, die soziale und emotionale

Kompetenz, vor allem bei den jungen Menschen, noch Optimierungsbedarf haben, dort wird ein lock-down notwendig werden, wenn auch in abgeschwächter Form. Über die Dauer kann man diskutieren. Wie wir heute wissen, sind Partys und Veranstaltungen, die disziplinlos ausarten, - Herr Lammer erwähnte es bereits - die Hotspots für Infektionen. Generell sollte man aber bedenken, dass der *Kollateralschaden* durch den lock-down, auf einen längeren Zeitraum betrachtet, auch sehr viele „Opfer" fordern wird. Aber bitte: Keinesfalls sollte man potentielle „Opfer" gegeneinander ausspielen.

Jeder Mensch hat ein Recht auf Unterstützung; egal ob dieser Mensch alt, mit Vorerkrankung, arbeitslos, in einer wirtschaftlichen Notlage oder psychisch belastet ist. Polarisierung ist in einer Demokratie immer gefährlich.

Dzelardini: Hoch interessant, vielen Dank, Frau Morino, für Ihre aufschlussreichen Worte. Herr Dr. Lammer, Angst und Stress in Corona-Zeiten, wie sollen wir damit umgehen?

Lammer: Heute wissen wir, dass die Immunzellen von Stress, Ärger, Wut, aber auch von positiven Gefühlen wie Gelassenheit beeinflusst werden. Unser Gehirn kann heilende Substanzen produzieren, deshalb sollten wir diese „riesige Apotheke" nutzen, indem wir uns emotional entlasten, um dadurch die Selbstheilungskräfte zu aktivieren.

Wenden wir uns liebevoll unseren Seelen zu und bedenken wir: „Die Seele weint über den Körper". An Stelle von Klagen und Jammern kann ich auch sagen oder denken: „Ich habe keine Probleme, ich habe nur Herausforderungen." Vermeiden wir Einstellungen, die klein oder krank machen und ersetze sie durch Gedanken wie: „Ich vertraue darauf, dass ich die Fähigkeit habe, alle Herausforderungen anzunehmen", „Ich verdiene es, ein zufriedenes, gesundes Leben zu führen".

Öffnen wir unsere Herzen für die Liebe – uns selbst gegenüber und auch für andere Menschen. Damit machen wir etwas Gutes für unser Immunsystem und für ein friedvolles, zufriedenes Leben in der Gemeinschaft. Bewusstseinsentwicklung, ein großes Wort, wir brauchen sie dringender denn je! Dankbar sein für alles, was wir aus dieser „Krise" lernen dürfen, selbst wenn einem die aktuelle Situation so gar nicht gefällt.

So, genug der Predigt, ich bin bei Frau Morino, was die Kollateralschäden betrifft. Die psychosomatischen Erkrankungen, die durch Angst, Stress, Einsamkeit und Arbeitslosigkeit entstehen, sind nicht zu unterschätzen. Allerdings wäre ich auch, wie Frau Morino sagte, vorsichtig, Gesellschaftsgruppen gegeneinander aufzurechnen, so nach dem Motto: Was ist uns ein alter Mensch mit Vorerkrankungen wert? Auch wäre aus meiner Sicht eine „Durchseuchung" mit dem Ziel der Herdenimmunität ethisch unverantwortlich und unmenschlich.

Magda und Freud, zweite Sitzung

Magda geht auf und ab, immer fünf Schritte, den Blick auf den Boden gerichtet. Die fünfzehn Minuten Verspätung werden sicher wieder durch Überziehen der Therapiestunde „wettgemacht". Der lock-down hat Magda sehr belastet.

Doktor, ich wurde geboren und bekam gleich lebenslang! Wieder dieses Lächeln, es kam von ihr, Sie wissen schon. Was ist ein Leben lang? Der Traum, er kommt immer wieder: „Wieso phantasierst du so viel?", fragte sie dann, immer noch auf den glitzernden Wellen, den Spiegeln, so verführerisch und einsam. Wusste sie wieder nicht, wer da durch wen dachte.

Der Sand war nicht mehr heiß in der Abendkühle, er rieselte so schön durch das Gehirn. Ein neuronal gewundener Zufluss fütterte das Gedankenmeer in meinem schwammigen Gehirn. Sand, Steine, Wasser und die Verzweiflung, die Angst der Einsamkeit, die Angst an Corona zu sterben, die Kinder, die Verwirrung und noch eine Muschel. Heute ist sie wahrscheinlich auch schon Sand, die Muschel.

Eine Metamorphose hin zum Kleinsten oder zum Größten. Schizophren, denken Sie jetzt, Doktor, geben Sie es zu. Aber es geht ja um die Verwandlung! Welche Verwandlung braucht die Menschheit, das ist die Frage? Sonst hätte ja Corona keinen Sinn!

Jetzt lächeln Sie, Doktor! Ja, ja! Es gibt aber nichts zu lachen, Doktor. Die Menschheit hat sich doch schon für die Selbstauslöschung entschieden! Und morgen, wie werden wir uns morgen entscheiden? Sind wir dann einen Schritt weiter?

Ich bin alleine, doch nicht mehr einsam, dank Corona, im Wandel der Vergänglichkeit, ja, so ist das Gefühl. Im Rückblick wie eine zynisch-romantisch-kitschige Situation!

So war der Anfang im Traum, damals am Strand von IRGENDWO. Diese Insel wurde nie entdeckt, obwohl jeder sie kannte. Sie war da, wir alle waren da, alle, die sie suchten. Aber es war nicht immer so – oder doch? Waren Sie schon auf IRGENDWO, Doktor? Dort gibt es kein Corona, dort sollten wir hin! Dort gibt es noch Leben!

Ich weiß, ich muss jetzt nichts sagen – oder, Magda?

Magda antwortet mit einem Lächeln der Zustimmung.

Immer diese Wühlerei in erinnerten oder nicht erinnerten Schatten, diesen belastenden, diesen wertvollen, das Baden in dieser Liebe, in diesem Hass, gegenüber einem Körper, einem Stein in mir – sie alle müssen getragen werden – das wollten Sie doch sagen, Doktor! Ich soll doch endlich loslassen, mein Selbst entdecken und mich lieben lernen, ach Doktor, immer diese therapeutischen Phrasen – glauben Sie daran? Ich weiß, ich weiß, ich will schon wieder die Rollen tauschen.

Und während der Doktor seine Notizen macht, bin ich anscheinend plötzlich an einem völlig anderen Ort gelandet. Zerbombte Häuser, verletzte, zum Teil bewaffnete Männer laufen zwischen den Trümmern umher, sie suchen Schutz, Artilleriefeuer ist zu hören. Wo bin ich!? Eine scheinbar verwirrte Frau blickt hinter einer Mauerecke hervor, deutet mir mit ihrer Handbewegung, dass ich zu ihr kommen soll, was ich dann auch schnellen Schrittes tue. Bei ihr angekommen, hustet sie heftig und stößt mit Unterbrechungen hervor: „Ich bin Ärztin, dies ist die längste Nacht, die ich je durchwacht

habe. Es sind immer wieder diese entsetzlichen, … Bilder dieser gewaltigen Explosion, Bilder schreiender, blutüberströmter Menschen, Bilder der Panik, Bilder von zerstückelten, verkohlten Körperteilen, die mich quälen. Giftgas, verstehen Sie? Sie werfen Giftgasbomben! … Ich bin hier kurz vor dem Wahnsinn. Mir ist, als stünde ich neben mir, ich spüre mich kaum noch, ich hätte nicht herkommen sollen. Wie soll ich Menschen helfen, wenn ich selbst am Ende bin? Ich schlafe kaum noch, kann kaum essen, ich bin so leer. Ich will andauernd auf die Suche gehen, meine Familie, sie muss ja irgendwo sein. Ist das alles nur ein Alptraum? Vielleicht bin ich gar nicht hier, vielleicht träume ich nur, dass ich hier bin. Was mache ich hier? Wissen Sie, wo wir sind? Ich muss nach Hause, nach …? Meine Kinder und meinen Mann suchen, sie sind vielleicht gar nicht tot?"

… dann war sie verschwunden, diese Ärztin und der zerbombte Ort und die Bilder und ich sitze wieder beim Doktor in der Praxis.

Dzelardini: Frau Laszlo, können Sie uns mehr über Ihre Organisation erzählen?

Laszlo: Seit vielen Jahren versuchen wir als weltweite demokratische Plattform unseren Einfluss geltend zu machen. Dieser Plattform gehören führende Politiker, NGOs, und fast schon unzählige AktivistInnen aus allen Bevölkerungsschichten an. Wir haben schon einiges erreicht. Wir haben es noch nicht ganz geschafft. Noch agieren wir im „Untergrund"! Ich kann Ihnen aber versichern, Frau Dzelardini, es wird weltweit eine umfassende Transformation geben.

Die Ereignisse auf unserem Planeten werden ja bis zum Jahr 2030 und darüber hinaus sehr dramatisch.

Basierend auf wissenschaftlichen Evidenzen und Hochrechnungen wird Folgendes geschehen: Ich will Ihnen nur im Schnellverfahren berichten, was sich alles ereignen wird: Kriege in den arabischen Ländern, die IS-Problematik ist immer noch nicht ganz unter Kontrolle, die Bürgerkriege in der Türkei, im Nahen Osten, in Teilen Asiens, in Europa, aber auch bei uns in den USA gibt es große Unruhen, die einem Bürgerkrieg gleichkommen. Dann die vielen Krisenherde durch Einmischung der Großmächte in Afrika ... Asien, Atomkriege mit allen dramatischen Folgen für diesen Planeten, um nur einige Brandherde zu nennen.

China wird neben Russland und den USA die militärische und wirtschaftliche Führungsrolle übernehmen. Die Lage spitzt sich dramatisch zu. Herrscher über den gesamten Planeten zu werden, dieser pathologische Wahnsinn kreist wie ein Virus in den Köpfen der Mächtigen.

Das Ende des Planeten scheint besiegelt. Dann wird aber das Unerwartete geschehen. Damit können die kranken Köpfe der Führungsnationen nicht rechnen: Im digitalen Vernetzungszeitalter erfahren fast alle Menschen alles. Die Angst vor dem eigenen Tod, dem Tod der eigenen Familie, eine panische Angst vor der Zerstörung des Planeten breitet sich aus. Diese Angst wird sich blitzschnell, gleich einer sozialen Pandemie über den gesamten Planeten ausbreiten. Corona ist bereits ein Vorbote. Corona hat unsere Urängste wachgerüttelt. Wir müssen diese Botschaft nur verstehen!

Virus der Menschlichkeit

Und, das Erstaunliche und Berührende dabei wird sein: Im ganzen Netz wird das Manifest verbreitet werden. Ein „Virus" für Menschlichkeit! Ich lese nochmals die wichtigsten Punkte des Manifestes vor:

Die 10 Angebote für ein Überleben der Menschheit!

1. Wir Menschen lehnen Folter, Gewalt und Tötung von Mitmenschen und anderen Lebewesen ab.

2. Wir Menschen lehnen Missachtung, Bedrohung und Einschüchterung von Mitmenschen ab.

3. Wir Menschen lehnen ab, dass Mitmenschen auf Grund ihrer Hautfarbe, Herkunft, Religion oder sexuellen Orientierung diskriminiert oder verfolgt werden.

4. Wir Menschen lehnen ab, dass Mitmenschen durch Abhängigkeit Ausnützung ihrer Arbeitskraft erfahren.

5. Wir Menschen fordern das Recht auf Freiheit, Frieden, Gerechtigkeit und Solidarität.

6. Wir Menschen fordern das Recht auf Gleichberechtigung, Umverteilung der Güter dieser Erde und ein menschenwürdiges Leben für alle.

7. Wir Menschen fordern das Recht auf kostenfreie Nahrung, auf kostenfreies Wohnen und auf ein selbstbestimmtes Leben an jedem Ort dieser Erde.

8. Wir Menschen verpflichten uns, einander durch Mitgefühl, Zuwendung und Kooperation zu unterstützen, um jeden Ort dieser Erde, frei von Grenzen und Nationalstaaten, lebenswert zu gestalten.

9. Wir Menschen verpflichten uns, auf Augenhöhe entsprechend unseren Anlagen einen Beitrag zur Erhaltung einer friedvollen Gemeinschaft zu leisten.

10. Wir Menschen verpflichten uns, dass jegliches Handeln und Denken dem Wohle der Gemeinschaft dient, in dem Streben, Schaden an Mitmenschen und der Umwelt abzuwenden.

Dzelardini: Ich kann das Manifest jetzt, nach Ihren Erläuterungen, besser nachvollziehen. Wirklichkeit und Utopie, wie nah, wie weit, wie fantastisch wäre so eine Entwicklung!?

Laszlo: Ja, es geht wieder einmal um Menschenrechte, Frau Dzelardini, um erweiterte Menschenrechte, wie Sie sicherlich bemerkt haben. Menschenrechte wurden in den letzten Jahrhunderten, immer wieder zu Gunsten der Gier, von zu vielen Nationen missachtet. Fast alle Menschen in hohen Staatspositionen sprechen von Menschenrechten, aber nur sehr wenige wollen mit ihrem Herz dafür einstehen. Solange Finanzkapitalismus, Konsumterrorismus und Lohnsklaverei die Menschheit beherrschen, können Menschenrechte nicht realisiert werden. Mir ist natürlich bewusst, dass ich mir in der Welt der Profiteure jetzt keine Freunde mache, aber dieser Heuchelei muss ein Ende gesetzt werden! Es wird daher ein Gebot der Stunde, die Umsetzung dieser erweiterten Menschenrechte einzufordern. Für alle Menschen!

Es wird nicht um Klassenkampf gehen, dieses Totschlagargument wurde und wird ja oft verwendet, wenn es einfach nur um Umverteilung und Gerechtigkeit geht. Es kann nicht um Klassenkampf gehen, denn es gibt keine Klassen von Menschen. Es gibt und gab auch nie illegale Migranten oder Wirtschaftsflüchtlinge, denn es gibt keine illegalen Menschen. Klassen- und Rassendiskriminierung wurden von Menschen geschaffen, die sich meist durch Gewalt Macht angeeignet hatten. Frau Dzelardini, ich kann es schon gar nicht mehr hören, verstehe aber die Ängste der Wohlbetuchten sehr gut. Es ist einfach eine Frage der Bewusstseinsbildung, Herr Lammer hat es ja schon angesprochen. Wir wissen, es wird von immenser Bedeutung werden, dass die Menschheit sich über ihr wahres SEIN bewusst wird und ob sie wirklich überleben will. Leider müssen Veränderungen fast immer auf der Straße beginnen!

Dzelardini: So nach dem Motto: Heute Weißrussland, Honkong, Thailand,… und morgen die restlichen Diktaturen? Was wird die Folge von diesem globalen Aufstand der Menschen sein?

Laszlo: Ja, was wird folgen? Wir sind auf diesen Tag gut vorbereitet: Passiver Widerstand großer Bevölkerungsschichten, wie ein Flächenbrand, unglaublich, die meisten unterdrückten Menschen werden weltweit aufhören für die

Waffenindustrie zu arbeiten, sie werden in den Waffenfabriken alles lahm legen.

Die alternativen Medien und Infokanäle werden für Solidarität und Frieden eintreten, eine Solidarität, die wirklich alle überraschte. SoldatInnen und PolizistInnen werden Befehle verweigern, Befehle die sich gegen das eigene Volk richten. Generäle und verantwortliche Politiker in Autokratien und deren diktatorisch gelenkte Medien werden dadurch entmachtet.

Aber das wird noch nicht alles sein, was die Menschheit während des Transformationsprozesses bewältigen muss. Viele, viele Umweltkatastrophen auf Grund der klimatischen Veränderungen und der enorme Ressourcenmissbrauch werden bis 2040 die Erde an den Rand ihrer Belastbarkeit bringen.

Sie sollten eines bedenken, Frau Dzelardini, und Sie werden es erleben: So ab den Jahren 2022 bis 2030 werden ungefähr 80 Millionen Klima- und Kriegsflüchtlinge weltweit unterwegs sein, hauptsächlich aus dem afrikanischen und asiatischen Raum. Eine riesige Herausforderung für den Rest der Welt. Selbst bei euch in Europa müssen die Menschen aus den südlichen Ländern auf Grund der langen Dürreperioden ihr Land verlassen. Große Teile von Italien, Spanien, Portugal werden dadurch menschenleer und Mittel- und Nordeuropa wird ein riesiges Migrationsproblem zu bewältigen haben. Einige Machthaber in den USA und in Europa werden ihre Länder mittels Zäunen zu Festungen erklären, das ist staatlich organisierte Unmenschlichkeit. Wir werden zu einem späteren Zeitpunkt diese Zäune wieder entfernen.

Die gute Nachricht hingegen ist: Auf Grund dieser katastrophalen Entwicklung und des globalen Widerstandes in breiten Bevölkerungsschichten findet ein Einlenken beziehungsweise ein Umdenken statt. Ohne Krise gibt es keine Wandlung – das ist ja fast schon ein Naturgesetz! Eine Pandemie für mehr Menschlichkeit und Rettung der lebensnotwendigen Ressourcen, ein humanistisches Virus, wenn Sie so wollen!

Ich kürze jetzt etwas ab: Damit es konstruktiv weitergeht, haben demokratische PolitikerInnen, humanitäre Organisationen und viele WissenschaftlerInnen und meine Wenigkeit, wie gesagt, eine demokratische Plattform gegründet. Wir werden weltweit großen Zulauf bekommen, um ein menschenwürdiges, der Natur unseres Planeten entsprechendes Miteinander möglich zu machen. Stellen Sie sich vor, Frau Dzelardini: Auf der Basis des Manifestes hoffen wir weltweit auf große Zustimmung. Und, Frau Dzelardini: der Menschheit, bis auf noch wenige pathologisch ignorante Diktatoren und deren Günstlinge, wird bewusst: Es ist unsere letzte Chance, wenn wir Menschen als Spezies überleben wollen.

Frau Dzelardini, dass ich hier dieses Interview mit Ihnen führen darf, ist nicht selbstverständlich. Für diese Meinungsfreiheit mussten in der Vergangenheit viele Menschen sterben, wir sollten das in Europa nicht vergessen. Wir verdanken es dem Mut dieser vielen Menschen, dieser unglaublichen Solidarität. Wissen Sie, es gab Momente, da habe ich stark gezweifelt – ja, ich war wirklich verzweifelt, ich glaubte nicht mehr an einen Erfolg, ich glaubte nicht mehr an das Menschliche im Menschen, die Widerstände schienen zu groß.

Ich habe wohl die Menschen, vor allem unsere Jugend, unterschätzt; ganz tolle Menschen, sie haben mich immer wieder aufgerichtet, ich muss das an dieser Stelle betonen und meinen Dank aussprechen!

Aber machen wir weiter: Wir werden das Unmögliche möglich machen, wir werden ein Szenario der Umkehr entwickeln und ich möchte hier gerne erläutern, wie es uns zumindest teilweise gelingen kann die Menschheit, vorerst muss ich betonen, doch noch zu retten. Ich stütze mich dabei hauptsächlich auf die Errungenschaften von namhaften WissenschaftlerInnen, aufgeschlossenen PolitikerInnen, klugen Bossen von Weltkonzernen und meiner Wenigkeit, das erwähnte ich bereits.

Es ist doch so, Frau Dzelardini, wie gesagt: Durch den drohenden Weltkrieg und Terrorismus wird so nach 2030 dieses Jahrhunderts eine Veränderung im Bewusstsein, im Denken der Zivilgesellschaft auf diesem Planeten stattfinden. Manchmal passieren ja noch Wunder.

Wir haben uns zum Ziel gesetzt, die Zivilgesellschaft und Regierungen aller Länder für eine Abschaffung von Nuklearwaffen zu gewinnen und autonome Waffensysteme einer Weltfriedensarmee zu übergeben. Das wird mühsame Überzeugungsarbeit. Gleichzeitig wird es uns gelingen, die führenden Waffenhändler zu isolieren, sie verbringen ihre Restlebenszeit in Gefängnissen, dort können sie, krank von den Schatten ihrer Erinnerungen, all der Opfer gedenken, die sie mitverschuldet haben. Es ist nur ein kleiner Trost, Frau Dzelardini, für die betroffenen Hinterbliebenen, das weiß ich schon. Eines muss uns für alle Zukunft bewusst werden:

Wenn wir, die Menschheit, die Ursache des Leidens nicht erkennen, streben die Menschen weiterhin auf der Suche nach einem scheinbaren Glück, das durch Gier, Gewalt, Hass und Neid gefunden werden soll. Und, Frau Dzelardini, solange dies alles aus Unwissenheit geschieht, wird Leiden unvermeidbar bleiben.

Dieses fast schon zwanghafte Festhalten an Besitztümern und materiellen Dingen dieser Welt führt ja notgedrungen zu Gewalt und Krieg, unabhängig davon, wie sehr man an Glück und Sicherheit interessiert ist. Wie darf ich Ihnen das erklären? Dieses unsagbare Leid, welches durch grauenhafte Gewalt verursacht wurde, kann niemand wiedergutmachen.

Wir können nur versuchen zu verhindern, dass aus diesem Schmerz wieder Gewalt entsteht, das war und ist unsere Aufgabe. Deshalb geschieht in naher Zukunft etwas ganz Wunderbares, Frau Dzelardini: Es bildeten sich Koalitionen aus den Bereichen Humanitäre Hilfe, Soziales, Umwelt, natürlich den Menschenrechtsorganisationen und vielen mehr. Es werden über 3.000 Partnerorganisationen in über 150 Ländern der Welt für einen atomwaffenfreien Planeten unterzeichnen. Die Vorbereitungen für diesen ambitionierten Plan sind bereits im Gange. Am Ende des Tages, das wird erst ab 2030 sein, haben dann endlich die Atomwaffenmächte abgerüstet. Bei den sogenannten „Schurkenstaaten" wird die Weltfriedensarmee eingreifen müssen.

Zurück zum Geld. Auch aus den Finanzkrisen werden wir dann doch, nach schweren Rückschlägen, ab 2030 gelernt haben. Durch die Erkenntnisse einer drohenden Naturkatastrophe und durch den massiven Druck der Bevölkerung werden namhafte Wirtschaftsbosse und die Finanzindustrie auf globaler Ebene, ihre Strategien sozialer und ökologischer Verantwortung übernehmen müssen.

Das werden sie jedoch nicht freiwillig tun, wie Sie sich vorstellen können. Hunderte, ja Tausende kleine gemeinnützige Banken werden gegründet. Die KonsumentInnen werden ihr Kleinerspartes von den Großbanken abziehen und es in diese gemeinnützigen Kleinbanken einzahlen.

Das wird natürlich einen Finanz-Hurrikan auslösen, wie Sie sich vorstellen können, Frau Dzelardini. Ja, die KonsumentInnen werden die Kontrolle über Ihr Geld übernehmen.

Dzelardini: Schöne Vision, ich merke, Frau Laszlo, Sie glauben ganz fest an das, was Sie hier behaupten.

Laszlo: Aber, natürlich! Wie darf ich Ihnen das erklären? Ab diesem Zeitpunkt der Umverteilung, wird den Finanzhaien erst so wirklich bewusst werden, dass sie sich über Jahrzehnte durch fremdes Geld bereichert hatten, es zur Ware umfunktioniert hatten, es verkauften und immer wieder weiterverkauften. Dadurch wurde Geld inflationär. Eine Finanzkrise löste die nächste aus. Und die Regierungen, als Marionetten der Bankenlobby, mussten da mitmachen, mussten dann bankrotte Banken mit dem Steuergeld der arbeitenden Menschen sanieren, so nach dem Motto: Gewinne privatisieren, Verluste sozialisieren.

Die Großfirmen flüchteten bislang in Steueroasen, zahlten dadurch ja kaum Steuern! Durch dieses ungerechte und erbärmliche Verhalten von Banken und Regierungen, wird der Unmut in der Bevölkerung immer größer. Warten Sie ab, Frau Dzelardini, Sie werden es erleben, Sie sind noch jung. Es geht doch um Ihre Zukunft! Lassen Sie sich Ihre Zukunft nicht von gierigen Egomanen zerstören!

Deshalb wird, natürlich durch den Druck aus der Bevölkerung und den Zusammenbruch der Großbanken, nach zähen Verhandlungen, Folgendes geschehen: Führende Politiker der meisten Nationen, mit allen Kompetenzen ausgestattet (nicht so zahnlos wie die UNO), werden sich der absoluten Notwendigkeit bewusst, in Not geratene Bevölkerungsgruppen schnell und unbürokratisch in sozialen, ökologischen und finanziellen Bereichen zu unterstützen.

Und warum? Um weitere Gewalt, Migrationen, Eskalationen und Kriege zu vermeiden, ist doch klar! Zugegeben, ein sehr ambitioniertes Ziel. Als ersten Schritt werden wir dafür sorgen, dass die meisten Menschen auf diesem Planeten ein bedingungsloses Grundeinkommen bekommen. Die Geldressourcen werden dann ja vorhanden sein, sie müssen nur entsprechend umverteilt werden. Weil sie Menschen dieses Planeten sind, haben sie ein grundlegendes Menschenrecht auf ein Einkommen, um die allernotwendigsten Dinge für ein würdiges Leben organisieren zu können. Es muss doch ein Menschenrecht sein, ohne Druck und Zwang leben zu können. Und es ist doch so, Frau Dzelardini: Erst wenn ein Mensch frei leben kann, wird er aus sich heraus auch motiviert sein, eine sinnvolle Arbeit in der Gemeinschaft zu verrichten. So wird es dann auch passieren.

Der Großteil der Menschen wird sich ganz selbstverständlich in den Arbeitsprozess einbringen, weil ein kollektives Bewusstsein wirksam wird. Ein gewisser sozialer Druck wird dieses Miteinander unterstützen. Das Gefühl, nicht mehr gebraucht zu werden, macht ja nur unglücklich. Das meiste an lästiger Arbeit wird in Zukunft ja ohnehin automatisiert. Das Grundeinkommen ermöglicht es erst, die jeweils passende Tätigkeit für sich zu finden.

Dzelardini: Wie darf ich das verstehen?

Laszlo: Wir alle müssen erst lernen, die notwendigen Arbeiten so zu organisieren, dass sie für uns verständlich, gestaltbar, nachvollziehbar und sinnhaft erscheinen. Das ist der entscheidende Punkt dabei.

Deshalb wird auf globaler Ebene von einem Großteil der Industrienationen und vielen anderen Ländern – um des Friedens willen, wohlgemerkt – Folgendes vereinbart: Jede Produktion muss zukünftig nachhaltig und dem Wohle der Gemeinschaft dienlich sein. Das würde ja nie funktionieren, würde da nicht dieser massive Druck von breiten Schichten der Bevölkerung kommen. Die Menschen wollen einfach nicht mehr so leben, wollen nicht mehr jeden Dreck kaufen, der ihnen aufgeschwatzt wird, wollen nicht mehr als versklavte Konsumidioten gesehen werden und vor allem wollen sie Frieden! Deshalb werden sie auch keine Waffen mehr produzieren. Stellen Sie sich nur einmal folgendes Szenario vor, Frau Dzelardini: Alle Menschen, die in der Waffenproduktion beschäftigt sind, legen die Arbeit nieder! Wissen Sie, es sind einfach schon zu viele Tote, zu viel Elend und zu viele Hungernde und Flüchtende. Es wurde bereits eine Grenze überschritten!

Was wird die Folge sein! Über ein gigantisches Netzwerk werden sich Milliarden von Menschen dieser Konsumverweigerung anschließen. Sie kaufen nur mehr das Allernötigste, produzieren nur mehr das Nötigste in kleinen Kooperationen. Das wird nicht von heute auf morgen realisierbar sein, schon klar. In Folge bricht der globale Weltmarkt für gut 60% der nicht lebensnotwendigen Produkte zusammen.

Die Aktien krachen in den Abgrund.

Gesellschaftspolitisch wird das ein Erdrutsch, im Sinne der Menschlichkeit. Daraus etabliert sich eine neu gegründete länderübergreifende Weltproduktions- und Sicherheitsorganisation (WPSO). Eine Weltfriedensarmee, habe ich ja schon erwähnt, wird aufgestellt – und – sie wird leider notwendig sein, das können Sie mir glauben.

Dzelardini: Das kann ja niemals funktionieren! Frau Professorin, darf ich Ihnen in Erinnerung rufen, wie viele sogenannte Kriegsschauplätze es zurzeit gibt? Zurzeit gibt es auf vier von unseren Kontinenten bewaffnete Konflikte, nur Australien und die Antarktis sind da ausgenommen. Weltweit wurden in diesem Jahrhundert ca. 500.000 Menschen bei direkten Kampfhandlungen ermordet.

Frieden auf diesem Planeten? Das grenzt ja an ein Wunder. Selbst wenn, wie denken Sie, kann ein dauerhafter Frieden aufrechterhalten werden?

Laszlo: Geduld! Dieses Szenario entwickelt sich weltweit folgendermaßen weiter: In Ländern, wo korrupte Diktatoren ihr Unwesen treiben, werden diese durch die Weltfriedensarmeen der WPSO entmachtet, verurteilt und durch kommissionelle demokratische Strukturen ersetzt. Es fehlen in Zukunft den Diktatoren durch den Zusammenbruch des Finanzkapitalismus ja auch die Geldmittel, um die Korruption und die Waffenhändler zu füttern.

Wie geht es weiter? Weltweit entstehen sogenannte Friedenscamps, verstärkt durch unzählige NGOs, Bürger- und Volksbewegungen, die sich für den Frieden, die globale friedliche Koexistenz und die gerechte Umverteilung der Ressourcen einsetzen. Dies führt in Folge dazu, dass nur mehr Politiker mit einer hohen ethischen Verantwortung und einem entsprechenden humanistischen Menschen- und Weltbild sich einer Wahl stellen dürfen. Die Auswahl und das Hearing von solchen „Führungspersönlichkeiten" wird von einer überregionalen Ethikkommission, bestehend aus Sozial WissenschaftlerInnen, Politik WissenschaftlerInnen und PsychologInnen überprüft und überwacht.

Durch diese Führungspersönlichkeiten wird gewährleistet, dass die Gleichbehandlung aller Menschen, das Recht auf Wohnraum, genügend Nahrung, ein Grundeinkommen und die Verpflichtung zur Solidarität unter den Menschen weltweit Verfassungsstatus bekommt. Ein sensationeller Entwicklungsschritt!

Dzelardini: Erste Frage: Gibt es dann keine demokratischen Wahlen mehr? Zweite Frage: Kann das in allen Ländern realisiert werden? Das scheint mir sehr utopisch!

Laszlo: Zur zweiten Frage: Weltweit kann das noch nicht überall realisiert werden, schon klar! Es wird dort begonnen wo die Strukturen schon aufgebaut sind, da sind wir gerade dabei. Wo, das werde ich Ihnen noch nicht verraten! In manchen Ländern gibt es da und dort noch Umsetzungsprobleme, aber – es ist ein richtiger Anfang.

Die größte Herausforderung wird ja der Bildungsbereich sein, der muss total umorganisiert und inhaltlich neu gestaltet werden, um das Bewusstsein der Menschen auf ein humanistisches Menschenbild zu fokussieren. Wir müssen da weg von falschen Ego-Denkweisen und manipulativen Glaubensmustern. Stichwort: transpersonal-kollektives Bewusstsein. Wir müssen lernen, dass zwar jeder für sich ein Individuum ist, aber das jeweilige Denken, Sprechen und Handeln sehr wohl Auswirkungen auf die Gesamtheit in der kosmischen Entwicklung hat. Wir sind auch seelisch/geistige Wesen, da gibt es allerdings Berufenere als mich, um darüber zu referieren.

Magda geht auf und ab, immer fünf Schritte, den Blick auf den Boden gerichtet. Die fünfzehn Minuten Verspätung werden sicher wieder durch Überziehen der Therapiestunde „wettgemacht".

Doktor, es sind die toten alten Menschen in Westafrika, immer das gleiche Bild vor meinem inneren Auge. Das Schreckliche daran: Sie „leben" in mir, sie rütteln und zerren, sie reißen mich aus dem Schlaf.

Es war diese Besprechung über den Einsatz des Serums gegen Covid-19 in Westafrika, damit hat alles angefangen. Ich traute meinen Ohren nicht, als ich hörte, dass der neue Impfstoff für die alten Menschen in Westafrika schon freigegeben wurde. Angeblich wurde auch die WHO informiert, also kein Grund zur Sorge. Ich bekomme es nicht mehr aus dem Kopf – ich hasse diese Bilder. Wir hatten doch noch zu wenig Testergebnisse, wir wussten noch nicht, wie sich der Impfstoff auf das Immunsystem von alten Menschen in Afrika auswirken würde.

Ich war empört, nein, ich war richtig wütend, so kannte ich mich gar nicht. „Jetzt regen Sie sich nicht künstlich auf, Magda", sagte der Chef des Pharmakonzerns, „es wird gut gehen, alles im Griff, Sie werden es erleben und Frau Kollegin, mal ganz ehrlich, was für eine Wahl haben denn die alten Menschen – ohne das Serum werden sie qualvoll sterben, das ist doch die Realität."

Ich konnte es nicht fassen, Doktor, was ich da hörte. Alte Menschen als Versuchskaninchen, nur weil sie weit weg sind, weil sie schwarz sind, weil sie niemanden haben, der für ihre Rechte eintritt. Wo bin ich hier, dachte ich damals. Acht Wochen später die ersten Todesopfer unter den alten Menschen in Westafrika.

Ich rannte sofort in das Büro von meinem Chef und schrie „Ich mache Sie fertig – täglich sterben Menschen – alles im Griff, ja? Wie wollen Sie das den Hinterbliebenen und der Presse erklären?". „Aber, ich bitte Sie – ja, wir haben uns geirrt, der Impfstoff ist für diese alten Menschen unverträglich, es gab Komplikationen. Da gab es uns unbekannte Vorerkrankungen. Beruhigen Sie sich – und übrigens: Sie haben doch auch zugestimmt! Wir bemühen uns doch um Schadensbegrenzung, alles unter Kontrolle", sagte dieses aufgedunsene Fettgesicht. „Niemals habe ich zugestimmt, das ist eine Lüge – ich kündige – ich gehe zur Presse – ich werde Sie verklagen!" Mehr bekam ich in meinem Zorn nicht über die Lippen. Mit zitternden Knien und hochrotem Kopf lief ich aus dem Büro. Das Schuldgefühl, zu passiv geblieben zu sein, blieb mir trotzdem.

Doktor, ich habe niemals zugestimmt, das Serum gegen Covid-19 bei alten Menschen einzusetzen! Ich wurde nur über klinische Tests mit Erwachsenen, angeblich Freiwilligen, in Westafrika informiert, das müssen Sie mir glauben, Doktor.

Magda erinnert mich immer wieder an meine Zeit als Therapeut in der Psychiatrie. Da gab es Patienten, welche die Fähigkeit verlernt hatten, ihre Gefühle zu kontrollieren, sie fühlten sich verfolgt oder hatten Wahnvorstellungen, litten unter Zwangsvorstellungen oder hatten das Gefühl, sich aufzulösen, hielten sich für Jesus oder Cäsar. Andererseits gab es in dieser Klinik auch Menschen, die keine Patienten waren, aber ähnliche Verhaltensweisen an den Tag legten. Der Spiegelungseffekt! Manche hielten sich für die Größten und Besten, andere verhielten sich still und klein wie eine Laus. Manche wurden von einem übermächtigen Ego beherrscht, stellten die Fütterung ihres Egos über das Gemeinsame. Andere wieder waren extrem gestresst und unruhig, gaben sich der Fresssucht hin oder nahmen zu viele Drogen, um den Klinikalltag bewältigen zu können. Diese Menschen gibt es überall, nicht nur in einer psychiatrischen Klinik. Davon leben wir Psychotherapeuten, manche besser, manche schlechter. Wer von uns TherapeutInnen kann schon behaupten alles reflektiert zu haben. Die Patienten sind es, die uns auf unsere „dunklen Flecken" hinweisen. Wie geht es eigentlich mir mit der Angst vor Corona?

Mit dieser Geschichte in Westafrika versuch Magda mit der Corona-Bedrohung klar zu kommen. Sie hat einfach Angst, alte Schuldgefühle finden hier höchstwahrscheinlich ein Ventil. Corona eröffnet sehr viele Projektionsflächen.

Dzelardini: Frau Laszlo hat vorhin vom neuen Menschenbild gesprochen. Herr Lammer, können sie uns dazu Näheres sagen?

Lammer: Gerne, da ich mich ja mit Frau Laszlo schon an anderer Stelle über dieses Thema ausgetauscht habe, denke ich, dass mein Menschenbild mit dem von Frau Laszlo kompatibel ist. Wo fange ich an?

Althergebrachtes naturwissenschaftliches Wissen beruhigt vielleicht ein antiquiertes Weltbild, hat aber oft mit Wahrheit wenig Übereinstimmung. Ich möchte nur ein paar Dogmen des sogenannten modernen wissenschaftlichen Weltbildes in Frage stellen. Diese Dogmen, die es zu hinterfragen gilt, möchte ich Ihnen gerne in aller Kürze zur Verfügung stellen:

1. Die Natur ist mechanisch organisiert, selbst unser Bewusstsein ist reine Neuronenmasse.

2. Materie hat kein Bewusstsein.

3. Die Natur wird von Gesetzen und Konstanten beherrscht, die unveränderlich sind.

4. Es gibt keinen Zweck und keine Ziele in der Natur.

5. Das biologische Erbe ist ausschließlich materieller Natur. Es gibt keine Seele.

6. Erinnerungen bestehen nur im Kopf als materielle Spuren.

7. Der Geist befindet sich im Kopf und ist nicht mehr als Neuronenaktivität.

8. Mechanistische Medizin ist die einzige, die funktioniert.

Wie gesagt, diese reduzierte Naturwissenschaft ist schon seit dem vorigen Jahrhundert ins Wanken gekommen. Denken Sie nur an die Quantenphysik. Das Universum – und wir alle hier sind Teil desselbigen – ist ein unermessliches Quantenhologramm. Ein Ozean von allen Informationen über alles, was je gedacht, gesprochen oder getan wurde, ein kosmisches Bewusstsein, aus dem alles Leben entstanden ist. So ist der jetzige Mensch auch ein geistiges Wesen, das eine oder mehrere Verkörperungen erfahren hat; dazu werde ich Euch später zu einer vertiefenden Diskussion einladen.

Zurück zum Bewusstsein: Im Wachbewusstsein, auf der Basis unserer fünf Sinne, erfahren wir nur einen sehr kleinen Teil unserer Welt und denken, es sei die Wirklichkeit. So sind ja auch die oben angeführten Dogmen entstanden. Aber ohne unser Bewusstsein würde es keine Existenz von irgendetwas geben: kein ICH, keine Naturerscheinungen, keine Planeten, keinen Kosmos. Alle Erscheinungen werden durch unser menschliches Bewusstsein erst wahrnehmbar, sage ich mal provokant. Nach dem anerkannten Quantenphysiker Heisenberg sollen ja auch die Elektronenbahnen erst durch unsere Beobachtungen entstehen.

Hypothese: Ohne Bewusstsein gibt es nichts und gerade in diesem Nichts ist alles enthalten. Diesen Antagonismus sollten wir uns auf der Zunge zergehen lassen … wir sollten erkennen, dass Bewusstseinsforschung im Kontext zu Spiritualität und Quantentheorien ein anderes Weltbild erzeugt, das ein Loslassen von alten Dogmen und Denkmustern erfordert. Spannende Zeiten warten auf uns! Wobei die Zeit ja ein äußerst relativer Begriff ist, wie wir wissen.

Geistig oder nicht-materiell ist das Bewusstsein, das Denken, die Idee. Wie soll man einen Gedanken messen? Länge, Breite, Höhe? Da man Gedanken und Ideen nicht messen kann, kann die reduzierte Naturwissenschaft darüber auch keine Angaben machen. Interessanterweise gibt es Menschen, die über Gedanken kommunizieren, hellsehen und schwer kranke Menschen über geistige Kräfte heilen! Woher kommen sie, diese Kräfte? Wieso wirken sie? Wie kann das Bewusstsein im Schlaf den Körper verlassen und wieder zurückkehren? Ist der physische Tod das Ende oder ein neuer Anfang?

Durch sehr gut dokumentierte empirische Untersuchungen, durch Nahtoderfahrungen (NTE) wissen wir: Es gibt eine Seele, die den Tod überlebt! Wir brauchen die Seele als Dolmetscher zwischen Körper und Geist, wenn Ihr so wollt. Was will ich damit sagen? Damit will ich sagen: Der Geist wirkt über die Seele auf die Materie, auf unseren Körper. Alles ist mit allem verbunden!

Dzelardini: Danke, Herr Lammer. Für die Akzeptanz eines ganzheitlichen Menschenbildes wird noch viel Aufklärungsarbeit notwendig sein. Stehen wir vor einer neuen Aufklärung, Frau Laszlo?

Laszlo: Absolut, keine Frage! Lassen Sie mich auf Ihre erste Frage zurückkommen, Frau Dzelardini: Demokratische Wahlen haben nur dann Sinn, wenn die BürgerInnen auch die nötige Reife dazu entwickelt haben. Über diese Reife zu entscheiden, das wird natürlich ein Problem, schon klar. Aber: Aus der Vergangenheit lernten wir, dass Demokratie gut klingt, die meisten Menschen aber auf der Bewusstseinsebene einen Bildungsnotstand aufwiesen, deshalb waren sie von populistischen Parteien nur allzu leicht manipulierbar. So wurden in vielen Ländern aus Demokratien dann Diktaturen.

Nach unseren letzten Erhebungen leben bis jetzt fast die Hälfte der ErdenbewohnerInnen in mehr oder weniger autokratischen Staaten oder Scheindemokratien, ein Rekord, die Tendenz ist steigend. Auf Grund dieser Erkenntnis macht es vorerst nur in jenen Regionen Sinn, Wahlen abhalten zu lassen, wo sich das notwendige Bewusstseinsniveau entwickelt hat. Diese Wahlen finden aber nicht mehr so statt wie Sie, Frau Dzelardini, Wahlen kennen. Es werden in Zukunft in den meisten Regionen vordergründig keine Personen oder Parteien gewählt, sondern „nur" mehr Programme und Ideen, welche der Nachhaltigkeit, also dem Wohle der Gemeinschaft dienlich sind. Seht ambitioniert, ich weiß!

Dzelardini: Sie meinen, die Menschen müssen lernen, sich als Gemeinschaft zu erkennen, da das Ego-Denken-und-Handeln die Menschheit zerstören wird. Klingt wieder sehr utopisch!?

Laszlo: Ja, ja, ich verstehe Ihre Zweifel, Frau Dzelardini. Lassen Sie mich das etwas präzisieren: Wie schon erwähnt, muss die dafür notwendige Bewusstseinserweiterung im Bildungsbereich weltweit, soweit es eben möglich ist, verpflichtend werden. Wie darf ich Ihnen das erklären? Das Bewusstsein des Herzens, Herzensgüte, Zuwendung und Anteilnahme zu lehren und zu lernen, das wird sicher eine Herausforderung. Menschlichkeit zu leben, ist für viele Menschen offensichtlich eine der größten Herausforderungen. Das wird ein harter Brocken! Wird vielleicht in nur einer Generation nicht zu schaffen sein. Aber, es ist doch absolut notwendig!

Für die Umsetzung dieser bewusstseinsbildenden Maßnahmen müssen wir die UNO bzw. die UNESCO besonders in die Pflicht nehmen. Die UNESCO hat ja die strukturellen Voraussetzungen, um Bildungsmaßnahmen voranzutreiben, es müssen nur noch die personellen und finanziellen Unterstützungen erhöht werden. Dies und vieles andere kann ganz locker durch die riesigen Einsparungen bei der Rüstungsindustrie erreicht werden. Wir reden da von hunderten Billionen Dollar.

Unsere Erfahrung lehrte uns, dass für die wachsende Armut und den damit verbundenen Bildungsnotstand unfaire Verteilung der Ressourcen, Kriege und Terrorismus verantwortlich sind. Die reichen Länder mit Ihren Multikonzernen und vor allem die Rüstungsindustrie haben natürlich kein Interesse an Bildungs- bzw. Bewusstseinsveränderungen. Ja, klar, Fachidioten wurden an den Schulen und Universitäten immer schon herangezüchtet, die bauen dann hochkomplexe Industrieanlagen, Kriegsgerätschaften. Sie bauen aber auch Roboter, die uns Menschen in vielen Dingen überlegen sind, manchmal auch nützlich sind.

Dann, der rasant fortschreitende Klimawandel, der wird die Armen noch ärmer und hungriger machen. Diese armen Menschen werden ja regelrecht in die Flucht getrieben. Nur ein Beispiel: der Permafrost. Der Permafrost in den nördlichen Regionen wird auf Grund des Klimawandels immer mehr auftauen. Riesige Mengen Quecksilber und Kohlenstoff werden da frei. Was wird die Folge sein? Von Sibirien bis Alaska werden wir Erdrutsche, Überschwemmungen und einstürzende Gebäude zu beklagen haben. Diese Permafrost-Regionen der Welt haben auch gigantische Mengen an Kohlenstoff gespeichert, diese werden dann bei steigenden Temperaturen als Treibhausgase freigesetzt. Damit steigt natürlich die Erderwärmung weiter an. Das ist ja fast schon Allgemeinwissen, ein paar Ignoranten unter den „Naturwissenschaftlern" sehen das natürlich anders.

Der Gesamtausstoß an Methan und Kohlendioxid aus diesen Böden wird um das Zehnfache höher sein als jetzt. Kohlenstoffüberschuss ist allerdings nicht das einzige Problem, das unter den arktischen Böden schlummert. Die riesigen Mengen an Quecksilber werden in die Nahrungskette wandern. Millionen Menschen werden darunter große Qualen erleiden und viele von ihnen werden an den Vergiftungen sterben.

Das sind alles keine Verschwörungstheorien, das sind reale Gefahren. Sie sehen, Frau Dzelardini, Corona wird mit

Sicherheit nicht das größte Problem sein, das zu bewältigen sein wird. Als wäre es nicht schon genug Elend, werden die erwärmten Böden sich als Nährboden für den Milzbranderreger Bacillus anthracis anbieten. Dieser Bazillus hat dort im Frost Jahrtausende überdauert. Rentiere infizieren sich dann beim Grasen, es wird der größte Anthrax-Ausbruch seit Menschengedenken folgen. Binnen kurzer Zeit werden Herden von Rentiere verenden. Natürlich infizierten sich auch Menschen. Zigtausend Todesopfer! Das sind, wie gesagt, alles keine Verschwörungstheorien, Frau Dzelardini, das wird traurige Realität, wenn wir nicht radikal die Notbremse ziehen.

Magda und Freud, vierte Sitzung

Magda geht auf und ab, immer fünf Schritte, den Blick auf den Boden gerichtet. Die fünfzehn Minuten Verspätung werden sicher wieder durch Überziehen der Therapiestunde „wettgemacht".

Begrüße Sie, Magda, bitte setzten Sie…

Doktor, mein Mann hat sich in seiner Gefängniszelle die Pulsadern aufgeschnitten.

Ich fasse es nicht, er hat sich umgebracht – ohne die geringste Andeutung, einfach so, ich hasse ihn! Bin ich blöd, oder was? Wieso habe ich nichts gemerkt – gestern war ich doch noch bei ihm, im Gefängnis. Er wusste natürlich, dass es ein Abschied für immer ist, und ich dumme Kuh habe das nicht… Er war doch ganz ruhig, schon resignierend, ja, aber – das ist doch normal in seiner Situation. Was habe ich da übersehen?

Ich bin doch seine Frau, ich hätte es merken müssen, so durfte er nicht gehen – und ich – ich muss jetzt alleine weiterleben? Doktor, warum muss ich weiterleben? Oh Gott – nein, nicht Gott – es gibt keinen Gott – ich bin so … Diese Besuche im Gefängnis – es war so schrecklich. Wenn du durch diese langen grauen Korridore gehst, das nimmt dir die Luft, vorbei an Gittern, quietschenden Eisentüren, fettbäuchigen Wärtern mit aufgedunsenen Gesichtern, da wird dir übel, zum Kotzen. Nur schnell weg von hier, dachte ich, das war alles so erdrückend, so entwürdigend – unbeschreiblich, dieses Gefühl. Eingesperrt, das ist … nein, ich kann das nicht … unglaublich – was Menschen ertragen können. Diese Isolation! Wenn ich mir nur vorstelle, ich sitze unschuldig in einem Raum von fünf Quadratmetern. Eingeschlossen. Weggesperrt durch einen Unrechtsbeschluss. Unvorstellbar…er hätte vielleicht noch ein Jahr…!

Nach 30 Minuten Besuchszeit musste ich gehen, und meinen Mann musste ich da zurücklassen. Für ihn war Freiheit das Wertvollste. Gefangenschaft, eine undenkbare Vorstellung – immer schon. Ein Alptraum muss das für meinen Mann gewesen sein. Dabei hatte sich mein Mann damals doch nur verteidigt, bei einer Demonstration gegen die Verschärfung der Corona-Verordnungen, Sie erinnern sich doch, Doktor? Sie haben Millionen Menschen in Quarantäne geschickt! Weggesperrt, ein Wahnsinn in dieser ach so menschlichen Welt! Aber davon wollen wir alle nichts wissen, hier im gesicherten Europa. Konsumieren, krankfressen, saufen und wegschauen. Das ist doch zum … ach, was soll das jetzt noch?

Es ist alles nicht mehr wichtig, er ist tot, das war Mord, das war kein Selbstmord, sie haben ihn umgebracht. Wen interessiert das denn noch? Diese Schweine, sie haben ihn umgebracht. Ich koche, ich habe so eine Wut! Wenn ich nur daran denke, dass so ein durchgeknallter Polizist auf meinen Mann eingeprügelt hat…, das ist doch … das interessiert niemanden …

Mein Mann ist tot, einfach tot! Wieso…? Ich versuche es mir ganz ruhig zu erklären, ganz ruhig: Es passierte, wie so etwas in einem „Rechtsstaat" eben passiert, in dieser ach so gerechten demokratischen Republik. Es ging, bei der Friedens-Demo doch „nur" um Freiheitsrechte, Punkt! Mein Mann und seine Mitstreiter wollten doch nur auf die vielen

Einschränkungen aufmerksam machen. Es geht doch um Freiheitsberaubung – oder?

Ja, die Demo, da ist was aus dem Ruder gelaufen, ein Polizist schlug mit seinem Knüppel auf meinen Mann ein. Es war sicher eine Verwechslung, mein Mann gehörte nicht zum „schwarzen Block". Ja, er war schwarz angezogen, seine Hautfarbe ist auch etwas dunkler, aber das spielte sicher keine Rolle – oder doch, Doktor?

Nach Aktenlage wurde mein Mann gegen den Polizisten handgreiflich. Aber es war nicht so. Mein Mann ist …er würde so etwas nie tun, er wollte sich mit seinen Händen nur vor diesem durchgeknallten Polizisten schützen. Mein Mann ist durch und durch Pazifist, er würde nie Gewalt anwenden. Er hat dieses Schwein nicht angegriffen, so etwas würde mein Mann nie tun, dazu ist er auch zu clever. Im Protokoll der Polizei wurde die Sachlage natürlich umgedreht. Mein Mann wurde wegen schwerer Körperverletzung und Widerstand gegen die Staatsgewalt zu drei Jahren unbedingter Haft verurteilt, bestätigt auch noch vom Obersten Gerichtshof. Das ist doch eine Frechheit, Doktor, oder?

Bei einer paranoiden Schizophrenie werden oft Wahnvorstellungen erzeugt, manchmal auch Halluzinationen. Dabei handelt es sich aber um Sinnestäuschungen, bei denen etwas gehört, gesehen oder auch gerochen wird, das aber nicht existiert. Dennoch, von Patienten, die unter einer paranoiden Schizophrenie leiden, werden diese Wahrnehmungen als real empfunden. Bei Magda vermute ich, dass es um Ihre Freiheit, um Ihre Ängste geht. Corona-Restriktionen verstärken vorhandene Problematiken, sie können auch psychotische Zustände auslösen.

Wann genau, Magda, war denn der Suizid Ihres Mannes?

…Welcher Suizid, Doktor?

Was ist der Sinn des Lebens? Was ist der Sinn von Erkrankung? Es ist schon irgendwie paradox, endlich finde ich, dank Corona, die nötige Ruhe um wieder einmal über existentielle Fragen nachzudenken. Die Fieberschübe beflügeln in seltsamer Weise meine Gedanken. Der Sinn? Der Sinn des Lebens wird von einem Bewusstsein getragen, dadurch ist Sinn eine Wirklichkeit in der Welt und nicht nur eine subjektive Erkenntnis. Es muss einen Plan, eine Idee, eine Vision oder…? Ich weiß es nicht – noch nicht!

Der Mensch ist doch, trotz aller Widrigkeiten, bestrebt, das Bestmögliche in sich und der Welt zur Geltung zu bringen, indem er in jeder Situation den Sinn des Augenblicks erkennt und verwirklicht. Im Idealfall! Jeder ist für sich verantwortlich eine sinnvolle Gestaltung zu finden. Diese Gestaltung muss aber in ein Gesamtkonzept passen, ja, das wird es sein!

In jeder Situation warten auf jeden Menschen jeweils andere Möglichkeiten darauf, von ihm erkannt und verwirklicht zu werden. Ich behaupte, dass der Sinn des Lebens in der Entfaltung der Seele hin zu einer Art „Vollkommenheit", hin zu der Erfahrung eines höheren Selbst, zu wahrer Menschlichkeit im Menschen besteht. Was bedeutet Menschlichkeit? Ja, das klingt gut!

Ich denke, vielen Menschen fehlt ihre Perspektive, die Einsicht in das Geistige, die Erkenntnis ihres wahres Seins, ihres Bewusst-Seins, aus ganzheitlicher Sicht natürlich. Viele Menschen fühlen sich verloren im reinen Körperbewusstsein, das erlebte ich doch andauernd.

Dieses begrenzte Denken ist es, weg von einem personalen Bewusstsein, hin zu einem transpersonalen Bewusstsein. Wie oft habe ich darüber nachgedacht, jetzt, hier im Spital wird mir, dank Corona, vieles klarer. Es hat eben alles seinen Sinn! Corona, es kommt immer wieder diese klare Erkenntnis, der Sinn von Corona ist: über unsere Existenz zu reflektieren. Diese Erkenntnis ist von großer Bedeutung.

Intuitiv spüren viele Menschen ja die andere Seite, das gemeinsame Geistige, das Spirituelle, das Unfassbare... eine Ahnung hat man ja davon. Jung hatte ja Recht. Ein Gefühl der Unsicherheit kommt dann dennoch hoch, manchmal auch deshalb, weil vielen Menschen eben diese geistig-spirituelle Erkenntnis fehlt, das Bewusstsein der Unsterblichkeit der Seele.

Habe ich wirklich meine Anlagen gelebt? Welche Anlagen, fragten mich viele meiner Patienten? Woher kommt mein Bewusstsein? Was ist der Sinn, die Hoffnung, die wahre Liebe im Leben? Das fragen sie sich doch alle! Sie kompensieren ihre Leere durch Macht, Gier, Sucht, Konsum und Feindseligkeiten oder flüchten in dogmatische Religionen.

Diese Menschen stellen sich nicht den Fragen, die vor allem in der zweiten Lebenshälfte gestellt werden sollten. Stellen Sie sich folgendes vor, habe ich einigen Patienten gesagt: Das Leben ist wie ein Fußballspiel. Wie man ja weiß, werden in einem Fußballspiel zur Halbzeit die Seiten gewechselt. In der ersten Halbzeit lebt man oft in seinem Schatten, spürt die Belastungen. Wer nun zur Halbzeit den Wechsel im Leben nicht mitbekommt oder ignoriert, wer in seinem Schatten weiterlebt, der schießt in der zweiten Hälfte des Lebens nur

Eigentore. Oft sind schwere Erkrankungen die Folge.

Um das zu vermeiden, sollte man sich spätestens in der zweiten Hälfte des Lebens - erstens seiner Schatten, Polaritäten und Resonanzen bewusst werden und zweitens seiner Spiritualität, des geistigen Teils, der unser Leben nicht unwesentlich beeinflusst. Auf die gesamte Menschheit bezogen ist Corona dieser Schatten, der jetzt uns alle paradoxerweise ins Licht führen will. Vom Gegeneinander zum Miteinander, sonst werden wir das „Spiel des Lebens" verlieren. Die Masken symbolisieren es ja schon: Wir können uns nicht mehr ins Gesicht sehen, wir haben Angst voreinander!

Deshalb ist es hilfreich, die Kehrseite der Medaille, das Geistige, genau anzuschauen. Ja, wir brauchen Vertrauen in unser gemeinsames Selbst, in das Unsichtbare, in das, was uns verbindet. Das Trennende wird uns alle auslöschen. Das wahre Wesen des Menschen ist im Geistigen verborgen, der Körper ist nur ein Werkzeug, eine Basis um die Seele, die geistige Welt zu erfahren. Wir müssen lernen, die Wirklichkeit zu sehen.

Es gibt so viele Menschen, die haben noch keinen Zugang zur spirituellen Welt. Deshalb ist der Zustand der Welt so, wie er ist, selbstzerstörerisch, ganz einfach. Immer wieder stellen sich die Menschen daher die Frage: Ist das Greifbare, das Sichtbare, diese begrenzte Welt wirklich alles, was das Leben ausmacht? Wenn nicht – ja, was ist denn dann das unsichtbare „Ding" auf der anderen Seite, hinter dem Spiegel der Wahrnehmung?

Was ist das Geistige, das scheinbar Unzugängliche? Für mich ist es ja das Wirkliche, es wirkt auf meine Befindlichkeit, auf meine Handlungen! Das rein Materielle, im Außen, diese Hülle, ja die gibt es natürlich auch, das gibt mir aber nur kurzfristig Halt im Leben. Die materielle Weltsicht treibt die Menschen in die Polarität – in das Paradigma des Gut und Böse. Nicht die Dinge sind positiv oder negativ, sondern wir, die Menschen, welche im EGO verhaftet sind, machen sie dazu; wir ganz alleine sind für alles verantwortlich! Was für eine Predigt! Vielleicht hätte ich Priester werden sollen?

Ich glaube, vielen Menschen mangelt es vielleicht auch deshalb an diesem Urvertrauen und damit verbunden dem Sinn ihrer Existenz, weil die Erkenntnis fehlt, dass sie Teil des Ganzen sind. Die Hindus oder die Buddhisten, die haben es schon lange vor uns hier im Westen erkannt: All mein Denken, Fühlen und Handeln hat Einfluss auf das Ganze, auf alle Lebewesen, auf den Planeten, und – ich würde da noch weiter gehen – all mein Denken, Fühlen und Handeln hat Einfluss auf die grenzenlose Bewusstheit, da jede Wesenheit ein Teil dieses Hologramms ist, egal ob das ein Mensch, ein Tier, eine Pflanze oder ein Tisch ist. Ein Hologramm, spiegelt im kleinsten Teil immer auch das Ganze.

Deshalb sollten wir Menschen versuchen, unsere Existenz im ganzheitlichen Sinn zu verstehen. Und dazu gehört die Spiritualität, das Geistige. Wir sind Wesen „zweier“ Welten, ob wir das wollen oder nicht. Seit Urzeiten „wissen“ die Menschen intuitiv um die geistige Welt, viele Urvölker und ihre Schamanen fanden Zugang zur geistigen Welt, sie verstanden die Materialisten in der westlichen Welt mit ihrer begrenzten Sichtweise gar nicht.

Leider haben dogmatische Religionen das Geistige für ihre Zwecke instrumentalisiert und tun dies heute noch. Der Umgang mit der geistigen Welt braucht eine seriöse Ethik,

keine Dogmen und kein Hokuspokus. Ich sollte das alles aufschreiben.

Laszlo: Aber nicht nur in der Arktis werden die Folgen des Klimawandels immer dramatischer, auch bei uns in den USA: Große Teile der kalifornischen Metropole San Francisco wird auf Grund der Schmelzung der Polkappen, allmählich im Meer versinken! Stellen Sie sich das vor. Der Meeresspiegel an der kalifornischen Küste wird mindestens um sagenhafte 60 Zentimeter steigen. Zusätzlich wird der Boden in großen Bereichen der Küste um 15 Zentmeter pro Jahr tiefer. Da gibt es ganz klare Berechnungen, das alles ist nicht das Produkt meiner Phantasie, Frau Dzelardini!

Überschwemmungen ohne Ende! Auch der Flughafen von San Francisco wird absaufen. Durch zusätzliche Sturmfluten und Starkregen verschlimmert sich die Situation dann dramatisch. Es werden Millionen Menschen obdachlos. Diese schrecklichen Beispiele lassen sich endlos fortsetzen, über alle Kontinente.

Dzelardini: Die Ressourcen Problematik steht hier noch auf meiner Liste.

Laszlo: Ja, wir bekommen auch ein riesiges Problem mit den Ressourcen unserer Erde. Den globalen Erdüberlastungstag werden wir im Jahr 2030 bereits am 30. Juni erreicht haben. An diesem Tag, also zur Halbzeit, werden die gesamten nachhaltig nutzbaren Ressourcen, die der Weltbevölkerung rein rechnerisch zur Verfügung stehen, für das Jahr 2030 bereits aufgebraucht sein. Nach diesen Berechnungen lebt die gesamte Weltbevölkerung ab dem Jahr 2030 so, als hätten wir zwei Erden zur Verfügung. Wo das enden wird, können

Sie sich ja vorstellen, Frau Dzelardini. Die künftigen Generationen und besonders der betroffene Süden des Planeten werden unweigerlich Opfer dieses verschwenderischen Lebensstils der Menschen auf der Nordhalbkugel werden.

Ab diesem Zeitpunkt werden sogar die größten Skeptiker des Klimawandels und des Ressourcenmissbrauchs begriffen haben, dass wir Menschen durch unsere unermessliche Gier die Verursacher dieser Zerstörung unseres Lebensraumes sind! Die Kosten für Naturkatastrophen steigen ab jetzt bereits in die Billionen Dollar. Wenn es um das liebe Geld geht, werden sogar die konservativsten Republikaner in den USA wachgerüttelt, hoffe ich.

Es muss einfach etwas geschehen, es muss in weiten Bevölkerungsschichten eine Transformation im Denken und somit im Bewusstsein eintreten, sonst ist der globale Kollaps nicht zu verhindern. Das geht eben nur über eine radikale Veränderung im gesellschaftspolitischen System: von Top-down zu Bottom-up; ohne Gerechtigkeit und faire Umverteilung stirbt die Menschheit – nicht der Planet Erde, wohlgemerkt. Die Erde und viele Mikroorganismen werden wahrscheinlich fast alle Katastrophen überleben, der Mensch und die meisten Tiere hingegen sind bei Weitem noch nicht an den belastenden Klimawandel angepasst.   Darüber gibt es nach diesen katastrophalen Entwicklungen größtenteils Konsens, keine Frage! Garantie fürs Überleben ist der vorhin erwähnte bewusstseinserweiternde gesellschaftspolitische Umbau natürlich auch keine, aber eine Vision, eine realisierbare Vision. Um diese Vision umzusetzen werden Bildungs- und Überzeugungskämpfe notwendig sein. Unvorstellbar, welche

Widerstände wir überwinden müssen, Frau Dzelardini. Natürlich wird es immer wieder Rückschläge geben, auch blutige Auseinandersetzungen werden nicht zu verhindern sein. Der pathologische Narzissmus der Machthaber fordert heute noch seine Opfer.

Frau Laszlo hat ja Recht, eigentlich sollte man die Gesellschaft vor diesen kranken Machthabern schützen. Bei uns landen zurzeit in vielen Ländern immer noch die Systemkritiker im Gefängnis oder in der Psychiatrie, anstelle der wahren Missetäter.

Aber, Frau Dzelardini: Die Welt den Egoismen und der Gier zu überlassen, was ja einem globalen Genozid gleichkommt, das ist für uns und vor allem für unsere Jugend nicht vorstellbar.

Sie können sich sicher vorstellen, dass viele der Superreichen natürlich nicht mitmachen wollen, sie werden sich betrogen fühlen. Betrüger fühlen sich betrogen, wie absurd! Das ist immer wieder ein interessantes Phänomen: Ein Widerspruch der besonderen Dummheit, der nur mit mangelnder Reflexionsfähigkeit zu erklären ist. Verzeihen Sie meine Emotionen, aber … wissen Sie, Frau Dzelardini, diese Industriebosse gehen mit ihren Produktionen in die Schwellenländer, zahlen Dumpinglöhne von drei Dollar pro Tag, verursachen dadurch weltweit Massenarbeitslosigkeit und verschieben ihre Millionen zu den Banken auf den Cayman Islands – eine legale Steuerhinterziehung, ein Betrug an der Gemeinschaft. Damit muss Schluss sein!

Der Druck breiter Bevölkerungsschichten wird ja immer stärker, da kommen Lawinen ins Rollen, nicht nur in den

USA, auch in Europa und großen Teilen von Asien und Afrika. Es ist schon irgendwie paradox: Die Digitalisierung, das Internet der Dinge, hat wenige Menschen unermesslich reich gemacht; dafür viele, viele Menschen in die Armut gestürzt.

Und jetzt kommt es: Trotz Armut haben aber fast jede Frau und jeder Mann ein Smartphone. Fast alle haben Zugriff zu Social Media, zu allen Informationen weltweit. Diese rasante Möglichkeit des Informationsaustausches via Internet wird dann schließlich zu gemeinsamen Aktionen führen. Eine digitale Solidaritätskampagne, habe ich ja schon erwähnt, kommt da ins Rollen.

Und, Frau Dzelardini, nicht zu vergessen: Es wird vor allem die Solidarität unter der Jugend und den Frauen sein, die den Umbruch global ermöglicht. Ich muss das betonen, denn so etwas hat es in der Geschichte noch nicht gegeben! Frauen werden der Welt zeigen, wie Frieden durch Gerechtigkeit funktioniert! Nochmals! Männer können es einfach nicht, das lehrt uns die Geschichte!

Wie gesagt, ausgelöst durch die digitale Industrialisierung und die explodierende Zahl an Arbeitslosen kommt es in den diktatorisch geführten Schwellenländern, aber auch in den sogenannten Scheindemokratien im Westen immer wieder zu flächendeckenden Streiks und Konsumverweigerung – das habe ich vorhin ja schon erwähnt; selbst große Teile der Polizei samt Militäreinheiten lassen sich nicht mehr instrumentalisieren. Wissen Sie, Frau Dzelardini, die wollen in Zukunft nicht mehr auf das eigene Volk einprügeln. Sie werden verstanden haben, dass es Unrecht ist, auf Schwestern und Brüder einzuschlagen, nur um Besitz und Macht für ein paar kranke Köpfe zu schützen. Bewusstseinssteigerung und eine höhere Reflexionsfähigkeit dank Bildung, dank Internet wird der Schlüssel für Friedenserhaltung. Diese Entwicklung ist nicht mehr aufzuhalten.

Wir werden Erfolg haben: bessere Bewusstseinsbildung, bessere Umverteilung der Ressourcen, das wird ein sehr probates Mittel gegen Gewaltausbrüche und Korruption sein. Sich über das eigene SEIN bewusst werden – scheint einfach und ist doch so schwer! Es gibt nur eines, das auf Dauer teurer kommt als Bewusstseinsbildung, und das ist *keine* Bewusstseinsbildung, ist doch klar! Was verstehen wir nun unter Bewusstseinsbildung? Wie können wir uns der Ursachen unseres Handelns bewusst werden? Was sind die Ursachen von Gewalt, zum Beispiel?

Es geht um mangelnde Anerkennung und Kränkungen, im persönlichen Bereich wie auch im kollektiven. Stellen Sie sich nur einmal vor: Bis 2025 werden weltweit so an die 300 Millionen Kinder ohne Schulbildung sein. Diese Kinder werden allesamt potentielle Opfer für Missbrauch, Kinderarbeit und Kindersklaverei bis hin zur perversen sexuellen Ausbeutung sein. Dem muss doch Einhalt geboten werden! Ein relativ langwieriger, aber lohnender Prozess.

Viele, sehr schwierige Jahre werden vergehen müssen, um diesen Planeten wieder einigermaßen ins Gleichgewicht zu bringen. Die demokratischen Zivilgesellschaften werden sich immer besser vernetzen und sie arbeiten gemeinsam Pläne aus, wie letztendlich durch Bewusstseinsbildung, Aufklärung und Umverteilung Kriege und Feindseligkeiten beendet werden können. Frauen und Männer werden rund um den Globus friedensstiftend im Einsatz sein. Eine gigantische Lawine für das Leben kommt da ins Rollen! Es hat alles ganz einfach begonnen, mit einem kurzen Text für den Frieden. Dieses Manifest, Sie kennen es ja bereits, Frau Dzelardini, verbreitet sich in rasendem Tempo über alle verfügbaren Netzwerke dieses Planeten. Aber, Frau Dzelardini, wie Sie sich denken können, ich habe es auch schon erwähnt, und ich kann es nicht oft genug wiederholen – verzeihen Sie meine Emotionalität, Sie verstehen mich sicher, das alles hat mich sehr bewegt – keiner dieser machtgierigen, pathologischen Diktatoren wird freiwillig das Feld räumen.

Aber, diese ja fast explodierende Freude vieler verarmter Bevölkerungsgruppen nach der Befreiung aus Diktatur und Unterdrückung durch die Friedenstruppen – wird unbeschreiblich sein. Mein Großvater, leider schon verstorben, er war deutscher Widerstandskämpfer unter der Nazi-Diktatur im zweiten Weltkrieg. Er erzählte mir von der Befreiung durch die Alliierten aus dem KZ Dachau, erzählte von der Freude, erzählte mir von den Tränen, die tagelang vergossen wurden. Sie sehen, mir kommen sie auch...

Dzelardini: Unglaublich! Wie kann diese „befreite" Welt letztendlich organisiert werden? Hier geht es ja auch um Nachhaltigkeit!

Laszlo: So ist es! Schauen Sie: Durch massive Einsparungen der weltweiten Rüstungsausgaben werden die nötigen Finanzmittel frei. Wir sprechen hier von vielen, vielen Billionen Dollar, habe ich doch schon erwähnt. Damit können wir Konfliktlösungs- und Ernährungsprojekte, die auf ökologischer, sozial-humanistischer und nachhaltiger Marktwirtschaft basieren und von uns global koordiniert werden, realisieren. Unzählige Kooperativen werden weltweit gegründet, sozusagen Selbstversorger in Bezug auf Ernährung und

Wohnraum. Da ist jetzt schon sehr viel in Bewegung. Darüber später mehr.

Auch wie sich die Ökonomie in den nächsten Jahrzehnten noch besser entwickeln wird, erkläre ich Ihnen gerne später. Ich bin noch nicht durch, bitte haben Sie noch ein wenig Geduld.

Die weltweite Energieversorgung wird in Zukunft global umweltfreundlich funktionieren, es wird auf Basis von Mikro-Kraftwerken ganz auf erneuerbare Energien, auch in den Schwellenländern umgestellt. Das wird natürlich vorerst zu einem Zusammenbruch der Ölindustrie führen. Aber auch das werden wir in den Griff bekommen, nicht ohne massive Konflikte, da ja die OPEC-Staaten von den USA und anderen Ländern mit genügend Waffen hochgerüstet wurden.

Hauptsächlich in Afrika werden nach Beseitigung der Diktaturen in den Wüsten riesige Solarstromfelder errichtet, sozusagen als Entschädigung für die leidenden Menschen vor Ort. Allerdings nur unter der Bedingung, dass alle Einwohner ein Grundeinkommen daraus beziehen. Die afrikanischen Völker werden somit „Besitzer" der Solaranlagen und der Nutzungsrechte für ihr Land und damit auch für ihre Bodenschätze. Afrika ist reich, wir im Westen haben es nur jahrhundertelang ausgebeutet, verkauften den Diktatoren Waffen, diese haben uns Flüchtlinge geschickt. Ein Teufelskreis muss da durchbrochen werden.

Dzclardini: *Irgendwie hört sich das alles wie ein Märchen an. Diese Frau hat eine ganz besondere energetische Ausstrahlung.* Woher nehmen Sie, Frau Laszlo, diese Zuversicht?

Laszlo: Zuversicht, ja, wir haben Zuversicht! Die Menschen Afrikas müssen ja eine Entscheidung treffen: Verhungern oder „kämpfen", denn flüchten ist bald keine Alternative mehr, da Europa die Grenzen dicht macht oder zusieht wie diese Menschen im Mittelmeer absaufen.

Deshalb: Eine unvorstellbare Aufbruchsstimmung wird auch die Länder Afrikas überschwemmen. Dieser Kontinent ist, wie gesagt, doch so reich an Bodenschätzen. Wir werden die Bevölkerung Afrikas dabei unterstützen, dass sie ihre Ressourcen für sich in Anspruch nehmen. Die Menschen in Afrika können sich selbst versorgen, ihre eigene Wirtschaft aufbauen, ihr Land bewässern – ja, sie können ihr Leben selbst einrichten. Europa und der Rest der Welt werden ja auch von dieser Entwicklung profitieren. Die großen Migrationswellen aus Afrika werden sich somit erübrigen, einfach „nur" durch die Umsetzung der Menschenrechte und Neutralisierung der Diktaturen.

Gut, und was passierte bei uns im Westen? Wasserkraft, Gezeitenkraftwerke, Wind- und Sonnenenergie ergänzend zu den Mikro-Kraftwerken werden schon in naher Zukunft die Energieversorgung der Privathaushalte absichern. Die Luftverschmutzung wird dadurch auf ein für die Natur erträgliches Maß sinken. Eine große Anzahl von Atomkraftwerken wird, dank massiver Kaufverweigerung von Atomstrom gegen den Widerstand der Atomlobby stillgelegt werden. Was darf ich Ihnen noch erzählen?

Dzelardini: Wie … entschuldigen Sie, es ist alles so überwältigend … ich muss da jetzt … ja, ich wollte noch … die Mobilität, wie hat sich die Mobilität entwickelt?

Laszlo: Verstehe, mir wird – jetzt durch die Erzählung –

erst so richtig bewusst, was wir alles zu bewegen haben... ja, die Mobilität, was wird sich in diesem Bereich entwickeln? Mobilität wird über Sonnenenergie durch E-Mobile, Schwebebahnen und abgasfreie Antriebswerke wie Wasserstoffmotoren gewährleistet sein. Die Anzahl von Privatfahrzeugen wird sich halbieren, die Menschen werden in der Gemeinwohl-Ökonomie ankommen. Teilen und Mieten statt besitzen ist einfach günstiger und befreit von Neidgefühlen.

Dzelardini: Diesen Trend des Teilens spüre ich jetzt auch schon, gut dass sich die Vernunft durchsetzen wird. Und wie wird es mit der Ernährung weitergehen?

Laszlo: Bei der Ernährung wird es von essentieller Bedeutung sein, dass sich die Nahrungsgewohnheiten in den Industriestaaten verändern. Wir *müssen* von der überbordenden Nutztierhaltung wegkommen, da wird viel zu viel CO_2 produziert, die Folgen kennen wir ja schon. Was bedeutet das nun? Es würde schon reichen, wenn jeder Fleischesser auf nur eine Fleischmalzeit am Tag verzichten würde. Die Folge wäre eine 30%ige Reduktion der Nutztierhaltung. Das bedeutet: weniger Agrarflächen für Futtermittel, weniger Rodung der Wälder – Stichwort Amazonas!

Dann, den Flugverkehr halbieren, als zweite Maßnahme, ist doch zumutbar! Als dritte Maßnahme sollten wir die Geburtenrate kontrollieren, das muss einfach sein; unsere Ressourcen sind ja endlich! Und als vierte Maßnahme: Abgasfreie Mobilität, ist doch technisch lösbar; ein Problem sind sicher noch die ölproduzierenden Konzerne, das kann man aber auch lösen.

Gut, noch ein paar Worte zur Landwirtschaft: Sie müssen bedenken, wir im reichen Westen bekommen in den nächsten

Jahrzehnten auf Grund der Unwetterkatastrophen und Dürreperioden ein Ernährungsproblem und das über Jahre hinweg. Wir werden auf Importe aus anderen Ländern und künstlich hergestellte Nahrung angewiesen sein. Da kehrt sich etwas um in der Nahrungsmittelwirtschaft. Der reiche Westen wird zum Bittsteller bei seinen ehemaligen Kolonialstaaten; eine sehr demütigende Erkenntnis, wie Sie sich vorstellen können, Frau Dzelardini.

Das wird sicherlich ein Auslöser, der selbst die Gewinner des Finanzkapitalismus zum Einlenken bringen wird. Denn auch diese Herrschaften werden einsehen müssen, dass man Geld nicht essen kann und Grünflächen nicht ewig zubetonieren sollte. Auf Grund der Hitzeperioden und Dürrekatastrophen einerseits und den Überschwemmungen und Unwettern andererseits, in ganz Europa, Asien und großen Teilen der USA wird ein radikales Umdenken und Handeln erforderlich. JETZT!!

Durch diesen Notstand wird der Energieverbrauch allerdings auf unter 50% fallen, was wiederum dem Klima zugutekommen wird. Die Unwetter werden wieder abnehmen, eine Belohnung von oben, wenn Sie so wollen. Für die kleinbäuerliche Biolandwirtschaft inklusive der Aufforstung von Waldgebieten wird das ein „Neubeginn".

Den Biolandwirten wird über die neuorganisierte Weltgesundheitsorganisation (WHO) wieder ein zentraler Stellenwert zuerkannt.

Dzelardini: Erstaunlich, wie kann das realisiert werden?

Laszlo: Landwirtschaftlicher Grundbesitz wird in ein Nutzungsrecht umgewandelt und bekommt auf die Fläche bezogen eine Obergrenze, d.h. in Zukunft kein Großgrund-nutzungsrecht, keine Monokulturen, nur BIO-Landwirt-schaft. Es wird nicht anders gehen. Ja, ich höre auch die Auf-schreie, Frau Dzelardini!

Dzelardini: Sie meinen also eine Enteignung von Grund-besitz?

Laszlo: Ja, auf das wird es hinauslaufen, wie gesagt, es wird unerlässlich sein. Der Grund und Boden dieses Planeten darf von allen Lebewesen genutzt werden. Sie müssen das historisch betrachten: Privatbesitz wurde ursprünglich von Menschen, meist auch durch Gewaltanwendung, als solcher definiert, denken Sie nur an die Vertreibung und Ausrottung der Indianer bei uns in den USA. Es war niemals das Land der sogenannten Weißen. Wir waren die Eindringlinge, die Gier hat dieses Land erobert. Privatbesitz war nie ein Natur-gesetz – eigentlich eine Anmaßung! Natürlich, die Enteig-nungsverfahren werden bürgerkriegsähnliche Zustände, vor allem in den USA, erzeugen, wie Sie sich vorstellen können.

Sie müssen bedenken, Frau Dzelardini: Menschen, die Jahrzehnte und Jahrhunderte Großgrundbesitz und Großpro-duktion durch ausbeuterische Maßnahmen an sich gerissen haben, diese Menschen können nicht begreifen, dass dieser Planet mit all seinen Ressourcen für alle zur Nutzung verfüg-bar bleiben muss, wenn wir Hungersnöte und Armut beseiti-gen und den Frieden erhalten wollen. Durch die Umstruktu-rierung und Reform von Großgrundbesitz und Großkonzer-nen wird sich die Entwicklung der Menschheit zum Positiven verändern. Gelingt dieser Prozess nicht, wird ein Großteil der Menschheit nicht überleben. Hunger und Armut werden dann die Pandemien der Menschheit sein. Kriege und Millionen

Tote als „Überlebensstrategie" für wenige wird die Folge sein!

Dzelardini: Kann denn nur Blut den Lauf der Dinge verändern?

Laszlo: Interessante Frage, es scheint so! In den USA gibt es heute mehr Waffen als Einwohner. Alle fünf Minuten ein Mord. In diesem Land wurde Gewalt zur Normalität. Die Waffenindustrie regiert dieses Land! Wie krank ist das denn? Damit muss Schluss gemacht werden!

Schauen, Sie – was für eine Wahl haben wir? Wir wollen bei den Enteignungsverfahren mit Sicherheit keine Gewalt anwenden, bei vielen GrundbesitzerInnen wird es auch nicht notwendig sein, sie werden gut entschädigt und können einen Teil des Grundstückes weiter nutzen, als Biolandwirte im Sinne der Nachhaltigkeit, versteht sich. Aber, es gibt immer wieder uneinsichtige Industrielandwirte. Monokulturen und der Einsatz von Pestiziden wird nun mal von der WHO als Verbrechen an der Menschheit eingestuft werden – und das mit Recht! Ab 2035 dürfen landwirtschaftliche Produkte keine Spekulationsobjekte mehr sein. Grundnahrungsmittel müssen daher weg von den Börsen, damit wird die Hungerproblematik weltweit großteils gelöst. Nahrungsmittel müssen wieder *Lebensmittel* werden, für alle leistbar, gesund bleiben – rein in den Verfassungsschutz – ist doch ein Menschenrecht, oder?

In den landwirtschaftlichen Betrieben und Kooperativen werden in Zukunft weltweit gleiche Mindestlöhne ausgehandelt, bis sich die geldlose Gesellschaft durchgesetzt hat, möchte ich an dieser Stelle betonen. Löhne, von denen Familien menschenwürdig leben können. Diese Mindestlohnregelung wird auch für alle Industriebetriebe bindend sein. Profit aus Privatbesitz wird daher uninteressant, da schwindet das Interesse der Aktionäre.

Gewinne und Verluste werden mit der Reform auf die soziale Gemeinschaft übertragen – das heißt, Verantwortung wird gemeinsam übernommen. Bis jetzt wurden die Verluste der Geldwirtschaft der sozialen Gemeinschaft angelastet. Stichwort: Bankenkrisen! Die Schulden der Großbanken mussten alle Bürger begleichen, aber die Gewinne wurden privatisiert und niemand, bis auf wenige Ausnahmen, schrie: Stopp, so geht das nicht! Der Handel mit Geld als Ware, bekannt unter dem Namen Finanztransaktionen, wird in Zukunft weltweit untersagt. Dadurch werden natürlich tausende Broker arbeitslos – unser Mitleid wird sich in Grenzen halten, wenn ich mir diese Bemerkung erlauben darf. Es wird ein sehr hartes Stück Arbeit, die Großbanken haben ja bereits die Regierungen und die Politiker im Würgegriff, sie bestimmen die Weltwirtschaft. Das nahm ja schon Mafia-ähnliche Züge an, wie wir wissen. Billionen illegale Dollar werden über die Banken weltweit gewaschen und verschoben.

Dzelardini: Wir alle haben ja die Bankenkrise 2008 erlebt, nur, die verantwortlichen Politiker haben bis jetzt daraus nichts gelernt. Umso mehr freut es mich, von Ihnen zu hören, dass mit dem riskanten Geldhandel Schluss gemacht wird. Mich beschäftigt aber noch ein anderes Thema: Das globale Lohndumping, wie kann man dem entgegensteuern?

Laszlo: Ja, der nächste Brocken. Durch das global einheitliche Lohnniveau – das wird auch ein harter Kampf –

wird Lohndumping unmöglich, und damit entfällt größtenteils auch der ressourcenverschlingende Handel. Kleine Gruppen und Gemeinschaften, die Kooperativen, wie gesagt, bekommen das Nutzungsrecht für ein Stück Land und leistbare Mikro-Kredite für Kleinproduktionen. Bevor jetzt der Einwand kommt, das sei Kommunismus, möchte ich Ihnen Folgendes sagen: Den sogenannten Kommunismus hat es de facto ja nie gegeben, dieser Begriff wurde von Diktatoren wie Stalin, Mao Tse-dung und den Gewinnern des kapitalistischen Systems missbraucht.

Das Wort Kommune kommt aus dem Lateinischen und bedeutet gemeinschaftlich, sonst nichts – hat mit Diktatur nichts am Hut! Wissen Sie, Frau Dzelardini, wahre Solidarität, Freiheit, Nutzungsrecht der natürlichen Ressourcen und gerechte Umverteilung hat es im sogenannten Sozialismus des vorigen Jahrhunderts nie gegeben. Sehr wohl gab es Überwachung und Parteibonzen, und die gab es im westlichen Konsum- und Finanzkapitalismus auch. Eine der vielen falschen Mären, die da immer wieder am Köcheln gehalten werden.

Deshalb ist die Zeit gekommen, Frau Dzelardini, in der echte Solidarität und Anteilnahme gelebt werden muss, sonst wird die Menschheit bald kollabieren. Vom diktatorischen Konsum- und Finanzkapitalismus, von der modernen Sklavenarbeit, zum solidarischen Humanismus, zur gerechten Umverteilung, das ist unsere Devise.

Humanistische Solidarität werden wir die Zeit der wahren Freiheit nennen; ein neuer *Solidarismus*, wenn Sie so wollen. Bedenken Sie, Frau Dzelardini: Gerechtigkeit, Solidarität und Freiheit brauchen keine abgegriffenen Schubladen, in die man sie verfrachten will. Das sind einfach Menschenrechte – Punkt!

Die Menschenrechte sind ja kein Selbstzweck von UtopistInnen. Ohne die weltweite Einhaltung der Menschenrechte wird die Menschheit nicht überleben. Wir müssen einfach dieses Bewusstsein in die Köpfe der Menschen bekommen. Die Alternative ist die Selbstaufgabe der Spezies Mensch. Corona ist mit Sicherheit nicht unser größtes Problem!

Gut, ich bleibe optimistisch: Wir sind auf gutem Wege ein menschenwürdiges Leben für alle auf diesem Planeten möglich zu machen! Nochmals: In den Billiglohnländern arbeiteten Millionen Menschen für drei Dollar am Tag, deshalb kann man sich in den USA eine Jeans um zehn Dollar kaufen. Die Lohnsklaverei muss zu einem Ende gebracht werden! Das hat nichts mit Kommunismus oder Enteignung zu tun, das hat etwas mit Menschenwürde zu tun, das hat etwas mit einem Paradigmenwechsel vom ICH zum WIR zu tun!

Lammer: Oder vom HABEN zum SEIN, hat Erich Fromm geschrieben.

Dzelardini: Ja, Utopien dürfen ja erlaubt sein! *Sie spricht ja wie ein Wasserfall, schwierig, bei ihr zu Wort zu kommen! Andererseits, es ist so spannend, ich könnte ihr stundenlang zuhören...*

Laszlo: Sie haben ja Recht, wir brauchen diese Utopien, die Situation ist, wie gesagt, mehr als besorgniserregend! Gut, dann weiter..., zur Ernährungsproblematik noch ein paar Bemerkungen: Die horizontalen landwirtschaftlichen Flächen können das Ernährungsproblem der Zukunft nicht lösen, das ergaben unsere Hochrechnungen. Das Bevölkerungswachstum auf diesem Planeten wurde unterschätzt. Deshalb müssen wir andere Möglichkeiten des Anbaus finden. Eine der Lösungen wird sein: vertikale Grünflächen! Die vertikale Landwirtschaft an den Hochhäusern in den Großstädten – klingt verrückt, ist aber ein Volltreffer. Stockwerk über Stockwerk, als Grünflächen, mitten in der Stadt. Eine Revolution der Landwirtschaft. Bedenken Sie: Von den bald 10 Milliarden Menschen wird ein Großteil in Großstädten leben.

Die Agrarwolkenkratzer um die Straßenecke, sie werden die Bewohner mit ausreichend Gemüse und Obst versorgen. Alles hinter Glas, optimal durch Erd- und Sonnenenergie temperiert. Ein weiterer angenehmer Nebeneffekt: mehr Sauerstoff durch die Pflanzen im Wohnbereich.

Es wird ein langer Weg, vor allem bei den alten Bauten wird die Lösung nicht einfach, bei den neuen werden wir in der Planung die vertikalen Gärten berücksichtigen. Wir können die Landwirtschaft ökonomischer und ökologischer gestalten. Energieintensive Transportwege für Gemüse werden großteils überflüssig. Im Innern der Gebäude sind Pflanzen sicherer vor Schädlingen, sodass auf giftige Pflanzenschutzmittel verzichtet werden kann. Durch moderne Bewässerungsanlagen wie die Tröpfchen-Bewässerung können bis zu 75 Prozent Wasser gespart werden. Durch die Digitalisierung haben wir eine bessere Kontrolle über Nährstoffe, Beleuchtung und Bewässerung, dadurch sind ausreichende Erträge möglich. Ja, der Stadtbauer und die Stadtbäuerin werden neue Berufsfelder. So viel zur urbanen Ernährungslösung.

Sonnenenergie alleine wird natürlich nicht ausreichen, wir benötigten auch noch andere Energiesysteme. 2030 schaffen unsere Kernfusionsforscher den Durchbruch: Der Fusionsreaktor wird Realität. Saubere Kernenergie versorgt nun große Teile dieses Planeten, vor allem in sonnenarmen Gebieten, ohne einen Beitrag zur globalen Erwärmung oder bei der Herstellung gefährlicher Abfallprodukte in größerem Umfang zu leisten. Das macht doch Sinn!

Dzelardini: Herr Lammer, Sinn und Lebenssinn, was kann die Bewusstseinsforschung dazu sagen?

Lammer: Meiner Meinung nach kann man den Lebenssinn nicht finden, jeder Mensch muss seinen Lebenssinn erzeugen, und sei die Ausgangssituation auch noch so fatal, wie sie jetzt in der Covid-19 Krise zu sein scheint.

Ich bin der Überzeugung, dass jeder Mensch eine besondere, eine wertvolle Aufgabe zu erfüllen hat.

Was ist jetzt unsere Aufgabe? Es geht um Verantwortung! Ja, ja, ich weiß, große, abgegriffene Worte – aber wir kommen um das Thema Verantwortung nicht herum, auch nicht durch die Flucht in alte Verhaltensmuster. Denn der Konsum-kapitalismus und der Egoismus, wie Frau Laszlo anmerkte, werden die Menschheit zerstören, nicht Covid-19. Es geht um das Erkennen des belastenden EGO. Der Egoismus ist eine kollektive „Krankheit" der Menschheit, die wahre Pandemie. Wenn wir das erkennen, müssen wir unser EGO nicht mehr als wahre persönliche Identität wahrnehmen, sondern als Konstrukt entlarven.

Unser EGO bekommt immer Nahrung, sei es durch Macht, Konsum, Drogen oder die Gier. Diese Nahrung schafft aber keine sinnstiftende Erfüllung. Die Folgen sind oft Klagen, Groll und Ärger, das macht Stress. Stress öffnet die Tore für jegliches Virus. Mit diesem Wissen entsteht eine andere Perspektive auf die globalen Zusammenhänge. Alles, was da draußen in der Welt passiert, hat auch mit der Haltung jedes einzelnen Menschen zu tun. Alles Denken, Sprechen,

Handeln hat ja Folgen. Deshalb betone ich die Verantwortung so sehr!

Leben ist ein Entwicklungsprozess – bis zur letzten Sekunde, behaupte ich jetzt einmal. Oft bedarf es aber einer tiefen Krise, um so einen Entwicklungsprozess zu korrigieren. Zugegeben, genau weiß ich auch noch nicht, wie sich nun die Menschheit entwickeln wird, da kann uns sicher Frau Laszlo mehr dazu sagen. Der Ausgang eines Entwicklungsprozesses ist deshalb ungewiss, da nicht vorhersehbar ist, welche Eigendynamik bei solch komplexen Abläufen entsteht.

Dzelardini: Deshalb, verehrte Zuseher und ZuseherInnen, es bleibt spannend. Ich sehe das auch wie Herr Lammer: Wir sollten uns als Menschen weltweit sehr offen und tief reflektieren, vielleicht auf einer Ebene, die uns bislang noch verborgen blieb. Nach einer kurzen Werbepause melden wir uns gleich wieder.

Laszlo: Nun, was möchten Sie noch wissen, Frau Dzelardini?

Dzelardini: Beeindruckend, wie geht es politisch weiter?

Laszlo: Was politisch noch geschehen muss! Nun ich fasse mich kurz, ja? Im Telegrammstil! Auf nationaler und globaler Ebene werden neue Regierungsformen, basierend auf Minderheitenrechten, in sogenannten Regionen geschaffen. Der Nationalstaat an sich wird dadurch obsolet! Alle Menschen sind ja Weltbürger. Regionalparlamente und flache Hierarchien werden etabliert. Wird nicht einfach, wie Sie sich sicher vorstellen können, Frau Dzelardini.

Es wird natürlich Menschen geben, die ihren alten Nationalstaat zurückwollen, aber auch diese Gruppen müssen irgendwann ihr Bewusstsein weiterentwickeln und einsichtig werden. Nationalstaaten sind das Ergebnis von Eroberungskriegen und deshalb immer noch die Ursache für militärische Aufrüstung und Feindseligkeiten. Kein Mensch soll in Zukunft seine Heimat wegen Krieg und Hunger verlassen müssen. Dafür müssen wir sorgen! Wie soll das gehen, werden Sie mich gleich fragen?

Durch die Etablierung basisdemokratischer regionaler Kleinparlamente wird eine gewaltige Energie für kreative Kooperationen freigesetzt. Konstruktion statt Destruktion und Korruption wird Grundhaltung in den Regionalparlamenten sein. Alles, was beschlossen wird, muss nachhaltig zum Wohle aller Menschen und der Umwelt dienlich sein, das wird der oberste Grundsatz bei der Entscheidungsfindung in den Parlamenten. Alles auf Basis des *Manifestes,* versteht sich.

Niemand darf, durch welches Handeln auch immer, zu Schaden kommen oder diskriminiert werden. Diese Grundgesetze und noch einige andere mehr bekommen dann auch Verfassungsrang, weltweit. Eine wahrlich historische Leistung. In den Parlamenten gibt es daher kein Parteiensystem mehr, wie wir es zurzeit noch kennen, es gibt in den Parlamenten nur mehr Projektgruppen durch Bürgervertretungen, verbunden mit Ethikkommissionen, welche die Bürgerrechte im Blick haben.

Dadurch werden Lobbying und Privatinteressen als Basis für Korruption unterbunden. Sie schütteln den Kopf, Frau Dzelardini. Gauben Sie mir, ich konnte es lange Zeit auch nicht glauben, konnte nicht glauben, dass eine gerechte Welt noch möglich ist, bei dem Chaos und den Grausamkeiten, die wir heute erleben.

Was darf ich Ihnen noch erzählen? Ach, ja, Plastikmüll und Klimaerwärmung, auch so ein Killerthema: Leider werden wir nicht verhindern können, dass fast ganz Polynesien – das sind an die 500(!) Inseln – durch den Anstieg der Meeresspiegel verschwinden wird. Ein Teil der dort lebenden Menschen kann sicher gerettet werden, nicht alle, eine Katastrophe. Ab diesem Zeitpunkt werden die letzten Ignoranten ihre Zweifel an der globalen Klimaerwärmung aufgeben. Selbst der Golfstrom bewegt sich seit Beginn des Jahrhunderts immer langsamer. Sie, Frau Dzelardini, und die Menschen in Europa werden es bald erfahren: Sehr heiße Sommer, mehr Unwetter und wesentlich härtere Winter erwarten Euch in den nächsten Jahren.

Nun, zurück zum Plastikmüll: Wir drohen daran zu ersticken. An die 15 Millionen Tonnen landet jährlich in unseren Meeren und als Mikropartikel auch in der Luft. Wir sehen ja diese erschreckenden Bilder: Wale, deren Mägen voll mit Plastikflaschen und Plastiksäcken sind; Schildkröten haben sich im Plastikmüll verfangen und sind dadurch qualvoll ertrunken. Die Bosse der Plastikindustrie ersäuften sich indessen im Champagner – dieser Seitenhieb musste jetzt sein...

Es ist wirklich ganz, ganz schrecklich: Wir stehen vor einer echten Plastik-Katastrophe! Wir können heute durch Studien feststellen: Fast 90 Prozent des Plastikmülls, der in unseren Ozeanen landet, stammt aus nur zehn Flüssen in Afrika und Asien. Fazit: Würden wir also diese Flüsse von Plastikmüll frei bekommen, könnten wir unsere Ozeane vielleicht retten! Wir schicken daher Experten in die betroffenen Gebiete, um Säuberungspläne auszuarbeiten.

Ergebnis: Es werden riesige Aufklärungskampagnen entlang der verschmutzten Flüsse gestartet. Siebzigtausend Arbeitsplätze werden aus dem Boden gestampft; Recycling- und UmweltingenieurInnen – ein riesiges Berufsfeld wird förmlich explodieren.

Und nun die gute Nachricht: Wir werden es schaffen, wir werden die Flüsse sauber bekommen. Alles schon auf Schiene! Aber nicht nur die Flüsse müssen gereinigt werden, auch unsere Atemluft droht uns durch Feinstaub, Schwermetalle und Giftstoffe förmlich zu ersticken. Deshalb muss die Mobilität zu Land und in der Luft fast gänzlich von Verbrennungsmotoren befreit werden, damit unsere Lungen wieder einigermaßen gute Luft atmen können und gesund bleiben. Stichwort: Corona-Virus! Bis dahin werden allerdings an die

50 Millionen Menschen, so die Schätzungen, an Lungenerkrankungen sterben, nicht „nur" wegen Corona. Sie sehen wieder, Corona ist nicht unser einziges Problem, ein Weckruf allemal, wenn er verstanden wird.

Dzelardini: Das überrascht mich jetzt gar nicht, die Luftverschmutzung in unseren Ballungsräumen ist jetzt schon sehr bedrohlich und wir schreiben erst 2020!

Laszlo: Nur noch ein Wort zum Plastikmüll: Welchen Schaden diese Plastikteile im Ökosystem der Meere tatsächlich anrichten, merken wir erst in zehn Jahren oder später. Der Rückkopplungseffekt, er betrifft allerdings die gesamte Klimaveränderung, Sie verstehen?

Dzelardini: Ja, aber würden Sie für unsere ZuseherInnen diesen Effekt kurz erklären?

Laszlo: Gerne: In der Klimaforschung können wir viele Rückkopplungen beobachten. Zum Beispiel: Bei der negativen Eis-Rückkopplung wird beispielsweise durch Abschmelzung der Polkappen weniger Sonnenlicht reflektiert, so dass es in Zukunft viel wärmer wird. Die Abschmelzung hat aber durch den Temperaturanstieg schon vor zwanzig Jahren begonnen. Die Wirkung werden wir erst in den nächsten Jahren zu spüren bekommen. Dieser Vorgang ist aber nicht mehr rückgängig zu machen. Deshalb ist es so wichtig, dass wir heute Schluss machen mit der Klimaerwärmung, damit wir in dreißig Jahren die Hitze noch aushalten können. Den Temperaturanstieg können wir nicht mehr verhindern, das Ausmaß vielleicht schon.

Plastikmüll: Wir wissen es schon lange, aber die Kunststoffindustrie verdient Milliarden mit dem Zeug, das ist das Problem. Durch die Strömungen werden die Plastikflaschen und Taschen in kleinste Teile gerissen und landen am Meeresboden. Besonders in den Meeren um China, die Philippinen, um nur einige zu nennen, gibt es stellenweise mehr kleinste Plastikteile als Plankton im Wasser. Von dort gelangen diese Kleinstteile in die Meerestiere wie Muscheln, Fische oder Fischlarven, aber auch in die Mägen der Seevögel. Letztlich landet das Plastik über die Nahrungskette wieder beim Menschen – haben wir doch gut gemacht, oder? Ein Großteil der Fischproduktion wird in Zukunft somit für uns Menschen ungenießbar.

Der Mensch ist erfinderisch. Parallel zum Wegfall der Fische und einem Drittel der Nutztiere als Eiweißlieferanten werden wir Protein synthetisch in großen Mengen produzieren müssen. Wir können die Plastikproduktion stark eindämmen und durch abbaubare Stoffe ersetzen – ob sich die Meere langfristig erholen, bleibt jedoch noch abzuwarten.

Gut, zurück zu Ökonomie und Bildung: Durch die faire Umverteilung der Ressourcen, durch eine menschenorientierte Bildungspolitik und durch die damit verbundene Bewusstseinstransformation sinken Gewaltbereitschaft und Kriminalität auf ein Minimum.

Dzelardini: Wie können wir uns das in der Praxis vorstellen?

Laszlo: Wir integrieren in den Schulen verstärkt therapeutisch-soziale Selbsterfahrung, fördern soziale und emotionale Intelligenz. Der Umgang miteinander bekommt höchste Priorität. Die Pauker-Fächer werden stark dezimiert, es ist doch jederzeit und überall jede Information abrufbar und große Bereiche der Produktion sind ohnehin automatisiert, werden von Robotern erledigt. Der zukünftige Ingenieur ist ein Roboter. Durch Unwissenheit und mangelnde Erfahrung entstandene Projektionsflächen und Feindbilder für Wut- und Aggressionsschübe werden größtenteils durch Selbsterfahrung und erhöhte Reflexionsfähigkeit ausgeglichen. Das Bewusstsein ist nicht mehr im hohen Maße EGO-gesteuert. Vom ICH zum WIR, das wird größtenteils Realität, was die westlichen Länder betrifft. Das wird unsere Bildungspolitik, das Rückgrat unserer Gesellschaft, da bleiben wir dran.

Lammer nickt zustimmend.

Wagen wir einen Blick in die Zukunft, Frau Dzelardini: Fast unvorstellbar, was sich alles verändern wird. Wir haben viel in die Ausbildung von SozialarbeiterInnen und in die Bewusstseinsbildung investiert. Neue Sozialberufe lösen die Industriearbeiterberufe wie Fertigung und Montage ab, das können Roboter besser. Die Menschen haben jetzt mehr Zeit füreinander. Schön langsam entwickelt sich ein Klima der Solidarität und somit der Grundstein für ein friedvolles Miteinander. Eine Utopie nimmt Gestalt an.

Was wird das Ergebnis sein? Im sozialen und im Gesundheitsbereich gibt es dann keine Zweiklassengesellschaft mehr. Durch die bewusstseinserweiternden Erfahrungen ist es weitgehend gelungen, eine Transformation einzuleiten: Vom Egoismus hin zu Altruismus, zu mehr sozialer und emotionaler Kompetenz. Im Bewusstsein wurde verankert, dass nur durch Kooperation friedliches Überleben für alle möglich ist. Dadurch konnten interkulturelles Misstrauen, rassistisches Gedankengut, ethnische oder religiöse Konflikte eingedämmt werden. Ja, und natürlich hat die Ungleichstellung der Geschlechter aufgehört. Dieser Prozess wird vor allem in manchen afrikanischen und asiatischen Ländern noch nicht so bald abgeschlossen sein.

Ja, das waren jetzt nur einige Punkte, welche letztendlich von uns allen initiiert und dann auch umgesetzt werden müssen. Der Weg wird aber noch sehr mühsam, Frau Dzelardini, das wissen wir beide, und ich bin mir natürlich nicht sicher, ob wir auch eine gewisse Nachhaltigkeit erreichen, beziehungsweise erhalten können.

Durch diesen Wandel wird sich die demokratische Weltgemeinschaft nicht nur Freunde machen. Ich bin mir auch nicht sicher, ob die Menschheit überhaupt überleben will, ob diese Eigendynamik, die sich da entwickeln kann, auch halten wird. Gut, ich weiß es wirklich nicht – aber einen Versuch ist es schon wert, das herauszufinden.

Eines muss uns klar sein: Wir können und dürfen diesen Planeten nicht in diesem Zustand weitergeben, das verzeihen uns die nachfolgenden Generationen nie. Fangen wir doch an, unseren Egoismus zu überwinden. Es gibt da draußen Millionen, die so denken wie wir. Junge Menschen, ich habe es schon erwähnt, Millionen, die diesen Planeten – ja, retten wollen. Also, worauf warten wir? Wir haben zum heitigen Zeitpunkt das positive Zukunftsszenario natürlich schon sehr detailliert ausgearbeitet. Wer mitmachen will, kann sich die Infos im Netz herunterladen. Ohne Internet und faire soziale Medien werden wir diese „Revolution" allerdings nicht schaffen. Und: Trotz aller Bedenken, die mich manchmal natürlich in den Würgegriff nehmen: Wir werden die Menschheit vor der Selbstauslöschung retten, davon bin ich überzeugt, Frau Dzelardini!

Dzelardini: Woher nehmen sie nur Ihren Optimismus, Frau Laszlo?

Laszlo: Nun, wenn sich die menschliche Natur und damit die Menschheitsgeschichte tatsächlich nur aus pathologischen und destruktiven Energien zusammensetzen würde und die Basisanlagen der Menschen einzig von Gewalttätigkeit, Besitzdenken und Gier geprägt wären, dann wäre unsere Spezies schon längst ausgestorben!

Dzelardini: Da haben Sie wahrscheinlich Recht. Gehen wir bitte noch etwas ins Detail: Wie werden sich das Internet und die Energieeffizienz in den nächsten 25 Jahren entwickeln?

Laszlo: Frau Dzelardini, hätte ich Ihnen vor 45 Jahren, das wäre so um 1975 gewesen, gesagt, dass um 2015 herum Milliarden von Menschen mit einem Ding in der Hand von der Größe einer Zigarettenschachtel audiovisuell weltweit miteinander kommunizieren werden, dass fast alle Daten jedem zur Verfügung stehen und das fast kostenlos, dann hätten sie mich als Utopistin bezeichnet. Deshalb sage ich Ihnen jetzt, wir können spätestens ab dem Jahr 2045 fast kostenlos Energie erzeugen, zwar noch nicht weltweit – aber dies ist nur mehr eine reine Zeitfrage, wie in vielen anderen Bereichen auch. Viele haben es jetzt schon, jeder kann sein Mikro-Kraftwerk haben: die Sonne auf dem Dach, der Wind, die Erdwärme, der Kompost, das sind alles Energiebringer, fast kostenlos. Die Investitionen amortisieren sich in ein paar Jahren. Diese Energieautonomie hat ja auch andere Vorteile, die Unabhängigkeit von Gas- und Stromlieferanten, die zugegebenermaßen keine Freude mit dieser Entwicklung haben werden.

Dzelardini: Frau Professorin, ich möchte nochmals auf eine Ihrer Kernaussagen zurückkommen: Sie sagten, der Konsum- und Finanzkapitalismus habe ausgedient. Ich kann mir das nur schwer vorstellen, wie soll das gehen?

Laszlo: Frau Dzelardini, wir leben in bewegten Zeiten, denn wir werden ZeugInnen einer historischen Entwicklung. Eine neue ökonomische Ordnung wird sich bilden, ich habe es schon erwähnt. Das hat es seit der Industrialisierung im frühen 19. Jahrhundert nicht mehr gegeben, als der Frühkapitalismus die Welt eroberte. Nun wird der Konsum- und Finanzkapitalismus in seinen Grundfesten erschüttert. Der Grund sind nicht klassische Arbeiteraufstände, der Grund ist der enorme digitale Wandel und seine Auswirkungen.

Wir werden in naher Zukunft eine geteilte Wirtschaft haben: zum einen einen (noch) kapitalistischen Markt, zum anderen eine neue Bewegung, eine Entwicklung von unzähligen Kooperationen als kleine Produktionsgemeinschaften. Ein neues Paradigma in der Weltwirtschaft erobert sich einen Markt. Es ist eine neue ökonomische Organisationsform, die sich vom Diktat des Privatbesitzes loslösen wird. Für die jungen Menschen werden Teilen und Anteilnehmen sehr wichtige Werte. Werte, die diesen Planeten mit seinen BewohnerInnen in Frieden miteinander leben lassen.

Schauen Sie, Frau Dzelardini, die Zeiten, in denen reines EGO-Denken vorherrscht, werden bald Geschichte sein. Der Konsum- und Finanzkapitalismus bleibt zwar als Restposten noch präsent, wird aber erhebliche Einbußen hinnehmen müssen; dies wird ein harter Kampf. Aber letztlich werden der Überlebenswille und die Menschlichkeit siegen.

Die junge Generation wird die notwendigen Konsumgüter, die sie zum Leben brauchen, zum Großteil selbst produzieren. In den USA gibt es heute schon die sogenannten *Kulturkreativen*, es sind autonome Gruppen, die sich von den Supermärkten und Multikonzernen verabschiedet haben.

Diese Hippies 2.0, wenn Sie so wollen, bauen sich hochmoderne 3D-Drucker, die können fast alles herstellen, was man benötigt, um den Alltag zu bestreiten. Biolandwirtschaft und Tauschgeschäfte haben wieder Marktpräsenz. Nur mehr wenige Supergroßmärkte werden in Zukunft noch existieren. Selbst diese werden großteils kooperativ organisiert.

Dzelardini: Ist das der dritte Weg, der ja oft beschworen, aber nie gelebt wurde?

Laszlo: Ja, ich gebe Ihnen Recht, aber nur zum Teil; das Kollektiv als ökonomisches Modell ist ja nicht neu: In naher Zukunft werden mehr als 3,5 Milliarden Menschen weltweit faire Banksysteme, Wohnkooperationen, Nahrungsmittelkooperationen und regionale Wasser- und Energieverbände nutzen. Durch die rasante Digitalisierung entstehen immer neue kooperative Formen, was Wohnen, Mobilität, Ernährung etc. betrifft. Fast alles wird geteilt oder geborgt. Bildung ist auch fast umsonst: Massen-Onlinekurse von Universitäten verhelfen uns zu einem Bildungsboom, in dem Fachkompetenzen gelehrt werden. Gleichzeitig werden Kapazitäten frei für Sozial- und Bewusstseinsbildung durch die Digitalisierung.

In der Ökonomie wird eine Verlagerung eintreten: vom vertikalen starren kapitalistischen Großmarkt hin zu horizontalen kleinen Kooperationsbetrieben. Eine Share Economy, in der statt Massenproduktion die Massen jene Dinge produzieren, die benötigt werden, wie ja Gandhi schon sinngemäß sagte.

Ja, Frau Dzelardini, unsere Utopie wird Wirklichkeit. Der nächste große Schritt wird die Abschaffung des Geldes sein, damit diese Utopie auch weiterleben darf.

Dzelardini: Es fällt mir wirklich schwer, das alles zu glauben, ich weiß, ich wiederhole mich, aber alles, was Sie mir hier erzählen, das klingt so nach romantischer Sozialfantasie – ja, wie ein Traum ...

Laszlo: Ja, wie ein Traum, da bin ich ganz bei Ihnen, Frau Dzelardini. Für mich stellt sich dabei eine wesentliche <u>Frage:</u> Wieso kann das alles aus wirtschaftlicher Sicht funktionieren?

<u>Antwort:</u> Viele Produkte für das alltägliche Leben werden extrem billig. Zum Beispiel die globale Kommunikation: Im Vergleich zur Situation von heute wird das Internet mit allen kommunikativen Varianten fast nichts mehr kosten. Das wird sich auch in anderen Industriezweigen so entwickeln, weil die kostspieligen Transaktions- und Logistikkosten größtenteils wegfallen werden. Keine Multis mehr, keine riesigen Handelswege- und Händler mehr. Das eröffnet ganz neue Möglichkeiten für die soziale Gemeinschaft. Wir können uns auf der Beziehungs- und auf der Wirtschaftsebene menschenfreundlich organisieren.

Dzelardini: Nochmal! Das hört sich ganz nach Wirtschaftsutopie an – unglaublich!

Laszlo: Ach, das hat ja schon angefangen: Die Kultur- und Medienindustrie wurde ja schon zu Beginn des Jahrhunderts auf den Kopf gestellt. Millionen Menschen teilen Musik, Videos, Nachrichten und Informationen – und das beinahe kostenfrei. Alte Geschäftsmodelle wie die Musikindustrie, Medien und Buchverlage werden bald verschwunden sein, sie werden durch Open-Source-Modelle frei zugänglich.

Dzelardini: Das Phänomen ist mir zwar bekannt, daraus kann ich aber nicht auf den Untergang des Konsum- und Finanzkapitalismus schließen.

Laszlo: Gut, ich versuche, es Ihnen zu erklären: Wir werden den Weg der fast kostenfreien Gesellschaft gehen müssen. Es wird eine evolutionäre Revolution der Marktwirtschaft durch die radikale Reduzierung der Grenzkosten. Die meisten Menschen sehen noch nicht die technologische Revolution durch die Digitalisierung kommen, die es möglich machen wird, die Produktivität so zu steigern, dass die Grenzkosten gegen null tendierten. Im digitalen Internet der Dinge werden Güter und Dienstleistungen tendenziell kostenfrei. Damit reduzieren sich die Profite drastisch und die kapitalistische Wirtschaft wird uninteressant. Das wird sich natürlich auf fast alle Wirtschaftsbereiche übertragen.

Dzelardini: Das kann ich jetzt noch nicht ganz nachvollziehen...

Laszlo: Also, es ist doch so: Jedes Unternehmen will seine Grenzkosten verringern, das sind Kosten, die für jedes zusätzlich hergestellte Produktionsteil anfallen. Also wurde immer schon versucht, die Produktivität zu erhöhen und mehr Marktanteile zu gewinnen, um den größtmöglichen Profit zu erzielen. Nehmen wir die Energiewirtschaft als Beispiel: Die Energiewirtschaft wird vom Versorger zum Partner. Warum? Es werden zigtausende kleine kollektive Energieunternehmen gegründet, das sind Haushalte mit kleinen

Mikro-Kraftwerken, sie produzieren alle mehr Strom, als sie benötigten.

Dieser Überschuss wird in das Energie-Internet eingespeist. Die alten Energieversorger werden somit zum Partner für die digitale Verteilung. Die Stromkosten werden dadurch gegen null gesenkt. Eine digitalkommunale Energiewirtschaft also. Das Internet wird sich in ein Super-Internet der Dinge verwandeln. Dank dieser neuen Technologieplattform wird die Weltwirtschaft neu gestaltet. Das Internet der Dinge wird durch Energie- und automatisierte Logistiknetze zu einem großen Kommunikationsnetz verbunden.

Das wird die sogenannte vierte, die *industrielle Revolution 4.0* auslösen. Alles wird miteinander vernetzt! Die Bereitstellung der Infrastruktur für diese globale Vernetzung wird die letzte große Anstrengung von Großkonzernen im Informations- und Energiebereich. Eine gewaltige Herausforderung, wie Sie sich vorstellen können. So ab 2030 haben wir dann weltweit an die hundert Billionen Sensoren mit Produktionsstätten, Lagerhäusern, Transportnetzwerken und der Energieversorgung verbunden. Zwischen Fahrzeugen, Transportdrohnen, Büros, Fabriken und Wohneinheiten werden riesige Datenmengen ausgetauscht. Die Datensicherheit ist ein eigener Industriezweig geworden, natürlich im Verbund von vielen kleinen Kooperationseinheiten.

Ja, die digitale Revolution wird unser Denken und Handeln gewaltig verändern, das werden wir in nahezu allen Lebensbereichen beobachten. Wir benützen unabhängige Kommunikationssysteme. Wir teilen und produzieren in unseren vier Wänden fast alles selbst! Die Autonomie wird uns ein wichtiges Anliegen! Die „eigenen" vier Wände werden zum

Zentrum der Kreativität und Produkitvität. Der Trend wird sich weg von passiv Konsumierenden hin zu aktiv Gestaltenden entwickeln.

Aber: wir haben noch ein anderes Problem zu lösen, Frau Dzelardini. In den nächsten Jahrzehnten werden sich eine Reihe von Technologien entwickeln, die den Stoffwechsel des Menschen und der Erde durch Nanotechnologien umstrukturieren können: *Molekulares und subatomares Manufacturing* nennen es die Ingenieure in Silicon Valley. Angeblich kann dadurch unser Leben unsterblich werden. Durch synthetische Biologie eine unbegrenzte Wiederverwendung aller Rohstoffe, Genome neu erstellen, nicht nur lesen; biologische Mini-Maschinen sind da am Entstehen; die Evolution wird neu erfunden; neue Arten werden entstehen; selbst ein *Climate Engineering* wird durch Beeinflussung der Sonnenstrahlen erforscht und vieles mehr. Wir leben in einer revolutionären Umbruchphase: sozial, ökonomisch, ökologisch und biologisch. Eine Herausforderung der besonderen Art.

Der Mensch wird sich mit Hilfe von alternativ-sozialen Netzwerken immer stärker zum Schöpfer bzw. zur Schöpferin seiner digitalen Netz-Identität entwickelt. Sie müssen das so sehen, Frau Dzelardini: Es wird durch die globale digitale Vernetzung eine Entwicklung von fremdbestimmten Konsumierenden hin zu selbstbestimmten Produzierenden möglich gemacht, das ist die positive Seite. Die Menschen teilen Wissen, Erfahrung und Ideen im Netz, schaffen neue Plattformen, die aus sich selbst heraus immer wieder regeneriert werden.

Das Innovationssystem der Netz-BloggerInnen wird ein

Kreislauf der Konstruktion. Natürlich entsteht durch das Internet der Dinge auch das eine oder andere Problem. Bedenken Sie, Frau Dzelardini, wenn in einer Wohneinheit alles, was digitalisierbar ist, auch digitalisiert wird, damit das Leben angenehmer erscheint, hat das auch Konsequenzen. Das Privatleben wird – bis wir eine praktikable Lösung gefunden haben – im digitalen Netz abgebildet. Das Eindringen der digitalen Welt in die private Welt – in meinen eigenen, privaten Bereich – wird große Irritationen auslösen. Ich möchte fast sagen, es wird ein Umbruch im gesellschaftlichen Miteinander, ein Umbruch, der so noch nie stattgefunden hat.

Respekt vor Privatsphäre bekommt eine neue Bedeutung; es wird eine unbedingte Neuprogrammierung unserer Privatsphäre notwendig. Das Gefühl der Bedrohung muss abgewendet werden, denn im Zeitalter der Hochdigitalisierung und Transparenz werden plötzlich alle Menschen ohne Vorwarnung auf Sendung sein. Jeder kann dann den eigenen Lebensfilm, aber auch den der anderen sehen. Der digitale Voyeurismus, die *reality show* wird vorerst Einzug in die Wohnzimmer der Menschen halten. Für jedes Problem gibt es aber eine Lösung und die haben wir gefunden. Die Datenzugangsbarrieren können dank Quantenverschlüsselung wesentlich verstärkt werden. Ich möchte mich da jetzt nicht in Details verlieren, zumal mir die nötige fachliche Kompetenz dazu auch fehlt.

Dzelardini: Das Datenschutzproblem haben wir ja auch schon seit vielen Jahren, deshalb bin ich sehr erleichtert, dass hier eine gute Lösung gefunden werden wird.

Laszlo: Ja, diesbezüglich können Sie beruhigt sein. Aber noch ein Wort zur Ökonomie. Bedenken Sie, Frau Dzelardini: Ökonomische Paradigmenwechsel treten in der Menschheitsgeschichte ja nicht sehr häufig auf, aber wenn, dann sind sie immer auf Grund einer signifikanten technologischen Entwicklung geschehen.

Das war zum Beispiel bei der Entwicklung der Dampfmaschine so, die erste industrielle Revolution wurde beispielsweise durch Telefon und Radio eingeleitet. Und in diesem Jahrhundert ist es wieder soweit – ein gewaltiger technologischer Entwicklungssprung, der sich durch vier wesentliche Komponenten auszeichnet: als Erstes neue Formen der Information und Kommunikation, um die Weltwirtschaft zu organisieren; als Zweites neue Formen der Energie, um sie effizienter zu gewinnen und zu verteilen, wodurch drittens neue Transport- und Logistiksysteme geschaffen wurden und viertens eine bewusstseinserweiternde Entwicklung stattfindet; dies alles verändern werden. Ob all diese Veränderungen zum Besten der Menschheit sein werden, müssen wir noch herausfinden.

Dzelardini: Diese totale Vernetzung, alles ist mit allem in Verbindung, das ist auch in unserer Zeit schon spürbar, und hat ja auch Schattenseiten. Da ist die totale Überwachung, Big Brother zum Quadrat, oder sehe ich das falsch?

Laszlo: Ich stimme Ihnen zu, aber: Wer immer zum Wohle der Gemeinschaft handelt, hat erstens nichts zu befürchten und zweitens hat jede Bürgerin und jeder Bürger das Recht und auch die Möglichkeit, die gesammelten persönlichen Daten einzusehen und Sperrcodes einzugeben, wenn dies berechtigt ist. Die Architektur des Internets der Dinge ist

nun mal horizontal, also auf Kooperationen ausgerichtet: teilen und gegenseitig unterstützen. Die Macht geht diesmal
wirklich direkt vom Volke aus. Der Überwachungsstaat hat
insofern ausgedient, als es die Machtstrukturen und Macht-
kartelle so nicht mehr geben wird. Das Gegenteil wird ein-
treffen: Die Basis wird die Regionalparlamente überwachen.
Der Informationsfluss geht ja auch von „unten" nach „oben".
Alles Prozesse, welche den Lebensinn neu erscheinen lassen.

Keine Zukunft, keine Vergangenheit, nur grenzenlose Bewusstheit! Da ist sie wieder, diese Stille, diese Vertrautheit, das Schaukeln, dieses wunderbare Leuchten, so weit, so nah. Nur beobachten, dieser herrliche Frieden, loslassen und vergeben, diese bedingungslose Liebe.

Was geschieht mit mir? Wer bin ich? Wo bin ich? Noch immer im Spital? Wieso? Kein Ich, nur Selbst! Kein Körper, kein Raum, keine Zeit, nichts Greifbares und doch alles so klar, Leere und Fülle, nur Wahrheit und schöpferische Weisheit, die Geburt der Wirklichkeit. Nur Ganzheit, kein Außen, ewiges Licht, Geschichten, die erzählen, Illusionen, die verschwinden, nur Stille und Bilder im Jetzt!

In meinem Kopf, da gibt es so viele Ideen, sie wollen wachsen, sprachlich übersetzt werden, sie wollen entzaubert werden, wollen sich „reale" Räume erobern, entdecken, ja das ist gut, dort können sie gedeihen, die Ideen, sie haben in dieser Welt noch keinen Ort. Meine Ideen können nur durch meine Sprache eine differenzierte Form annehmen, da entwickelt sich eine eigene Kultur. Sprache ist die weite Bühne des Unbewussten.

Im Raum der Vergänglichkeit bleiben sie erhalten, die Bilder der Sprachlosigkeit. Wie sagte meine Therapeutin noch bei unserer ersten Begegnung? „Wie tief muss der Schmerz sein, um das zu erfahren, was andere bewegt, um wirklich zu verstehen, zu spüren, was mein Gegenüber verletzt?" Wie tief muss mein Schmerz sein, damit ich erfahre, was mich in meinem tiefsten Inneren bewegt? Darüber muss ich schreiben!

161

Wer stirbt, bevor er stirbt, der stirbt nicht, wenn er stirbt! Die Tiefe dieser Gedanken berührt mich. Damit will ich zum Ausdruck bringen, dass wir in der Meditation das Sterben „vorerleben" können, dem nachspüren, was da noch offen sein könnte, vor dem Tod. Die Verwandlung als Naturgesetz erkennt eine angstfreie Begegnung mit dem scheinbar Unbekannten, dem Geistigen. An welchem Haken baumelt da mein Leben? Oft ist ein bewusstes Sterben das schönere Leben. Das Leben kann doch nur aus der Perspektive des nahenden Ablebens, in seiner ganzen Tiefe empfunden werden. Wann ist die Liste der letzten Bedürfnisse abgearbeitet?

Ein Leben ohne die Reflexion des Sterbens kann nicht wirklich gespürt werden. Es gab Momente, da überkam mich das Gefühl, ich müsse diesen Planeten von meiner Existenz befreien, ich bin eine Belastung geworden. Der Tod ist das Steuerrad, das Ruder des Lebens, das kann ich so stehen lassen, so empfinde ich es. Ja, ich muss schreiben, so wie früher. Wer schreibt, ringt dem Tod einen Tag nach dem anderen ab.

Wo ist der Gewinn? Das Bewusstsein über Sterblichkeit ist das Einzige, was dem Menschen Menschlichkeit verleiht. Der Mensch ist das einzige Tier, das über seinen Tod nachdenken muss.

Könnten Tiere über uns Menschen abstimmen, sie würden wahrscheinlich diesen Planeten von uns befreien. Menschen sind skandalös, sie dürfen über ihre eigene Vernichtung nicht nur philosophieren. Ich muss schreiben. Die Buchstaben, Wörter und Sätze müssen durch eine Umsortierung aus dem Chaos in eine neue Ordnung geführt werden. Ein Satz, ein Wort erklärt sich nur über das emotionale, das unbewusste Bild dahinter. Wie viel Gewicht hat ein Wort, ein

Satz, wenn nicht alles gesagt werden darf, und wie viel, wenn alles Gesagte erlaubt wird?

Wer nicht mit seinem Blute schreibt, hat nichts geschrieben – hat Nietzsche, wenn ich mich recht erinnere, etwas pathetisch formuliert – gefällt mir. Blut ist Leben, und Leben ist die Manifestation des Geistes. Ich fühle mich plötzlich so schwach, so leer, so leicht, was geschieht mit mir?

Gustavs Ausblick von seinem Atelier ist grün, nichts ist vom Grau der Großstadt Wien zu sehen. Tief versunken in Gedanken, geplagt von Selbstzweifeln, versucht er die Tage der „Coronalen Einsamkeit" zu überstehen. Ein ermüdender, ein scheinbar nie enden wollender Reflexionsprozess eröffnet ein weiteres Kapitel in seinem Leben.

Das Künstlerleben ist eines der schwierigsten – was habe ich nicht alles erlebt! „Jede Erinnerung wird irgendwann zur Erdichtung", hat meine Therapeutin einmal zu mir gesagt. Ich denke auch, dass Erinnerungen eine Art postvitaler Verwandlungsprozess durch Lebenslügen sind. Vielleicht sollte ich all meine Gedanken noch niederschreiben, für die Nachwelt, wer immer das auch sein mag.

Wer nicht das getan hat, was seinen Anlagen entspricht, der hat nicht gelebt, meldet sich Leonardo, Gustavs innere Stimme. Habe ich meine Anlagen gelebt? Du wirst in diese Welt geworfen und das Risiko beginnt, hat mir einmal Robert, ein alter Weggefährte, gesagt, mit 43 ist er an den Folgen einer Krebserkrankung qualvoll gestorben. Robert, du warst ein wirklich guter Freund. Wie schön sie doch waren, diese endlosen, oft „sinnlosen", oft feuchtfröhlichen Diskussionen, du fehlst mir! Hörst du mich? „Die Kunst wird dich umbringen, aber bitte gib nicht auf", hast du nach meinem ersten suizidalen Fehlversuch zu mir gesagt, du hattest recht, wie so oft, mein Freund.

Die Bereitschaft, dem Risiko als Künstler zu begegnen, war die Herausforderung eines missglückten Lebens. Als Künstler das Leben zu gestalten gleicht einem Traum, einem

Wachkoma, das ungreifbar an dir vorüberzieht. Es ist die schönste, die grausamste, die erbarmungsloseste Art, Existenz zu leben. Manchmal habe ich das Gefühl auf diesem Planeten nicht wahrgenommen zu werden, ein Fremdkörper zu sein. Werde ich geträumt? Die coronale Umhüllung durch Einsamkeit in meinem Atelier frisst mich auf. Als Künstler bist du einsam, aber ohne Publikum bist du tot.

Im künstlerischen Tun habe ich kurzzeitig das Gefühl, glücklich und existent zu sein, ja, ich glaube, es tatsächlich zu sein, wie eine Ikone habe ich sie angebetet, sie angefleht zu bleiben, danach war sie verschwunden, die angebetete, die unbarmherzige Kunst.

Leonardo, mein Vorbild, mein „*Gott*". Wer sich als Künstler so ein Genie zum Vorbild nimmt, kann nur scheitern. Welche Gnade einer unerreichbaren Begabung wurde da in seine Hände gelegt? *Leonardo da Vinci*, ein großes Genie, seine Gedanken und Fantasien spiegeln eine allumfassende Weisheit wider. Diese erbarmungslose Schönheit seiner idealisierten Körper, eine wahrlich „göttliche Kraft" hat diese Werke geschaffen. Leonardo als Vorbild? Wie lächerlich und schön war doch dieser Gedanke. Meine Therapeutin sagte immer wieder:

„Versuche dich an den grenzenlosen Möglichkeiten deiner Anlagen und genieße das Scheitern, wenn du dich entwickeln willst!"

Die Idealisierung bringt dich nicht weiter, treibt dich in einen Höhenflug, wo nicht das Genie, sondern der Wahnsinn auf dich wartet. Das ist wahrhaftig gefährlich, nicht irgendein Virus!

Ich weiß natürlich, dass ich nicht die Reinkarnation *Leonardos* bin – oder doch? Nein, nein, aber trotzdem, vielleicht ist er ein Seelenverwandter. Im Gedenken an *Leonardo* zu sterben, ein seltsam anmutender Gedanke, woher auch immer er kommen mag. Wenn der Künstler keinen Zugang mehr zu seiner Kreativität findet, ist er bereits tot. Alexa, meine Angebetete, hat mich doch irgendwie inspiriert, ich kann nicht genau sagen, was es war. War es die Provokation oder die Lust, die mich berührte? Ich sollte sie malen, das wäre eine Annäherung, eine eindeutige natürlich – viel zu banal – Mona Lisa würde ihr Lächeln verlieren.

Tage oder Wochen nur schweigende Kommunikation in dieser verlassenen Idylle. Schön, dass *Leonardo* die Selbstgespräche nicht unterbinden kann – er weiß natürlich, dass wir sie führen. Was Alexa sich gerade denkt? Mit wem „spricht" sie? Vielleicht sollte ich sie in ihrer Stille besuchen? Irgendwie ist es mir doch peinlich, ich habe Alexa mit meinen schlauen Sprüchen über die Kunst überschüttet. Sie hat mit Raffinesse meine Unsicherheit aufgedeckt. Sie ist klug, wahrscheinlich habe ich mich zum Affen gemacht.

Was wäre, wenn unter uns Menschen nur die Gedanken kommunizierten, wenn nur die spontane gedankliche Reaktion zur Sprache käme? Was wäre, wenn nur nicht-zensurierte Wahrheiten untereinander ausgetauscht würden? Würde das die soziale Isolation bedeuten? Wo wären dann die „Freundschaften", die meine Offenheit, meine Gedanken und Gefühle mittragen? Wie isoliert macht Offenheit? Der Conrad, er hat meine Nähe, meine intimsten „Beichten" ausgehalten, ja, noch viel mehr, er hat echte Anteilnahme gezeigt, die wohltuendste Ent-täuschung seit langem. „Mein

Freund", hat er gesagt, hat gut getan, danke, mein sensibler „Krieger"! Üblicherweise endet sonst die Suche nach Nähe meist in einer distanzierten Ungewissheit. Wie offen darf ich sein, wenn ich das scheinbar Fremde in mir öffentlich mache? Wieso wurden meine Bilder in meiner Öffentlichkeit nicht verstanden? Wie verschlüsselt sind meine Bilder, meine Sprache? Ich bin ein gescheiterter Künstler, das ist die Wahrheit, ich kann weder mich noch meine Bilder verkaufen.

Andererseits sind wir Künstler ja nicht da, um Handelsware zu produzieren, sind nicht da, um fette Aktionäre noch fetter zu machen. Die Kunst füllt den Geist und leert den Magen, wie peinlich diese abgegriffene Erkenntnis auch sein mag, der Gedanke an den Hungertod ist entwürdigend. Ich bin sogar stolz darauf, nicht käuflich gewesen zu sein. Da sterbe ich lieber als armer gescheiterter Künstler.

Oh, wie selbstlos!

Ja, selbstlos, die Erbärmlichkeit eines selbstlosen Künstlers ist das Salz der Erkenntnis, der Verzweiflung, der Sinnlosigkeit.

Du ertrinkst ja förmlich in Selbstmitleid.

Genau – und ich genieße es!

Ist Scheitern so ein Genuss?

Der Künstler balanciert auf dem Hochseil – der Absturz findet schließlich auch irgendwann Anerkennung.

Die Maske ist gefallen, es geht also doch um Anerkennung, selbst wenn sie das Leben kostet?

Nein, die Kunst ist die Maske der eigenen Lebensunfähigkeit oder das größte Glück des Lebens, sie ist der Schutz vor der Erkenntnis! Nur der unreflektierte Künstler hat eine Chance auf ein zufriedenes Leben im Selbstbetrug. Er kann sich in seinem Narzissmus ertränken – das war nie mein Ziel – oder doch? Vielleicht sollte ich diese Reflexionen alle aufschreiben?

Titel: „Ich war ein Suchender, der nichts gefunden, aber viel entdeckt und erkannt hat". Künstler sein kommt gut an, es lebt sich aber sehr einsam – und: mühsam! Wer hat Interesse? Als Künstler fütterst du die Illusionen der Betrachter, bist die Projektionsfläche für ihr kreatives Defizit! Das war jetzt streng genommen auch eine Projektion, würde meine Therapeutin sagen.

War ich jemals wirklich Künstler?

Was ist ein Künstler? Wer definiert, wie ein Künstler zu sein hat? Künstler machen Kunst, sagen sie. Das Leben an sich ist Kunst, wir schaffen als Künstler doch nur Abbilder. Wer bestimmt dann, was Kunst ist? Ich weiß es nicht. Die Galeristen, der „Markt"? Wenn das so ist, dann war ich nie Künstler. Ich wollte sichtbar machen, wer hat meine Botschaften wirklich gesehen? „Der Künstler als Symbol der Mutlosigkeit" wäre auch ein passabler Titel für einen autobiografischen Abgang. Soll Kunst als Schmuck der eigenen Fantasielosigkeit dienlich sein?

Vor allem sollte sie deinem Selbst dienlich sein, dem verspielten Kind in dir, es bemüht sich, dem Erwachsenen zu gefallen, es bemüht sich um Anerkennung. Hast du das nicht gespürt? Wenn das spielende Kleinod in dir immer überfordert wird, wie soll dann ein lustvoller kreativer Prozess entstehen? Lass es spielen!

Leonardo, hör auf mit diesen Interventionen, die kommen doch von dir, das sind deine Worte, du bist … also nein … das Kind in mir, keine Angst, ich werde es nicht töten, ich wollte es doch nie wirklich töten, es war die Angst, die Verzweiflung, du kennst mich doch, ich würde das nie tun, ich habe Angst vor dem Tod, mehr als vor dem Leben. Der kleine „Leonardo" in mir, er ist so hilflos, ja, ja, ich habe ihn gequält, aber ich mag ihn, auch wenn er kein Genie geworden ist, der kleine Wichtigtuer. Er rührt sich schon wieder, wir werden malen gehen, vielleicht einen Akt von Alexa, sie muss auch nach meinem Tod nicht im Louvre hängen, wo sie alle begaffen können, diese Ahnungslosen. Die Käufer von Kunstwerken sind Förderer und Totengräber der Kunst, dieser Widerspruch frisst den Künstler auf.

Leonardo, wenn du schon hier bist – damals bei meiner letzten Vernissage sagtest du: „Kunst kann nur leben, wenn sie das Recht hat, sich selbst zu töten oder sich zu erheben über das Gewöhnliche. Künstler sind Menschen, die durch Kunst den erbärmlichen Versuch machen, das scheinbar Verlorengegangene wiederzuentdecken." Und weiter: „Nur wenn die Libido, unser Urtrieb, diese starke Kraft in uns, optimal sublimiert wird, durch die Kunst ersetzt wird – dann ist alles möglich, dann kann man all das entdecken, sichtbar, begreifbar und spürbar machen, was immer schon da war, das, was lebendig sein will. In diesem Geist wird Kunst sichtbar."

Und dann hast du noch einen Satz hinzugefügt, den ich nicht verstanden habe: „Alles ist nur Illusion, somit auch die Kunst – wir haben einen starken Erkenntnisbedarf, sonst würden wir uns alle vernichten".

Oft spüre ich nur noch leere Räume, wo ist die Fülle, das Erbarmungslose, das Lustvolle, das Vernichtende, das Erbauende, wo ist mein Leben? Wo sind meine vor Kraft strotzenden Bilder, die nicht anerkannten, die nicht verstandenen?

Auf meinen Vernissagen, da wurde kein Tisch mit Dialogen der Annäherung gedeckt. Welche Abgründe der Einsamkeit wurden da in mir aufgerissen? Wie lächerlich macht man sich als „erfolgloser" Künstler! Die Ignoranten sind das Hauptgericht des Wahnsinnigen, des Gescheiterten.

Ein tiefer Schnitt in das Fleisch der Ignoranten, ein lustvoller Gedanke. Künstler der Galerien, der Seitenblicke, der bemitleidenswerten „Kunstverständigen", das war ich nie. „Die Kunst ist die Verformung von gesellschaftspolitischen Prozessen mit all ihren Widersprüchen. Es geht um die Bewusstwerdung, das Sichtbarmachen von gesellschaftlichen Verdrängungsprozessen, das ist die Aufgabe von Kunst", das war meine Standardantwort auf die Frage „Was verstehen Sie unter Kunst?". Verstanden haben sie nur die, welche diese Erkenntnis nicht mehr nötig hatten.

Aber welchen Sinn hätte Kunst sonst? Kunst muss Fragen stellen, nicht beantworten, sie muss das quälende Gewissen derer sein, die den kulturellen Untergang provozieren. Kunst war und ist das tragende Element in meinem sinnlosen Leben – ohne den kleinen „*Leonardo*" wäre ich schon lange tot.

Hör auf mit dem Kunstgeschwafel – eine Beziehung fehlt dir, du bist einsam, das solltest du dir eingestehen!

Was heißt da Beziehung? Ich bin hier isoliert, zwangsweise isoliert, verordnet durch einen demokratiepolitischen Unsinn. Wer die Kunst einsperrt, sperrt die Freiheit weg!

Und außerdem, ich hatte genug Beziehungen, mehr oder weniger erfolgreich. Ja, zugegeben. Ich bin für eine Beziehung nicht geboren – vielleicht bin ich zu kompliziert für Frauen, vielleicht bin ich auch schwul, vielleicht habe ich nie eine positive Erfahrung gemacht mit Bindungen, vielleicht bin ich gar nicht existent, vielleicht will ich einfach nicht mehr Opfer sein, vielleicht liebte ich nur die Kunst, vielleicht liebte ich nur mich – ein Klassiker, vielleicht liebte ich das Unerreichbare, das Genie! Schluss! Vielleicht bin ich gar nicht einsam? Mit der Kunst bist du nie einsam!

Bist du dir da wirklich sicher?

Nein, bin ich nicht, *Leonardo*, es reicht! Einsam bin ich manchmal schon, das war ich auch in Beziehungen, man kann zu zweit auch einsam sein, da bin ich lieber alleine einsam. Ich brauche niemanden, ich habe meine Kunst, sie belügt mich nicht, sie betrügt mich nicht, sie fragt nicht sinnloses Zeug, sie ist einfach da und geduldig. Für die Liebe braucht man eine gewisse masochistische Leidensfähigkeit, die habe ich „genossen", das reicht.

Und was ist mit deinem Sexualleben?

Sex ist austauschbar, die Liebe nicht, so sehe ich das. Die Liebe ist am schönsten, wenn man sie real nicht leben muss, nur in der Fantasie kann die Liebe lebendig bleiben.

Aber optimal wäre schon beides zusammen, oder sehe ich das falsch?

Vielleicht, mit der Liebe habe ich so meine Probleme. Ich denke, ich liebe nicht einmal mich, höchstens meine Bilder, so viel zum Narzissmus.

Was ist mit Alexa, da war doch eine emotionale Nähe spürbar?

Alexa, ja, ich weiß nicht, ich mag intellektuelle Frauen. Ob ich sie lieben könnte? Ich glaube, ich habe Angst vor ihr. Sie hat so einen kastrationsbeladenen Unterton in ihrer Stimme. Obwohl, verlieben finde ich spannend. Lieben heißt aber auch Verantwortung für die Gefühle des anderen. Ich will einfach nicht mehr enttäuscht werden, das muss ich doch wollen dürfen.

Deine Mutter ...

Komm mir jetzt nicht mit der Mutternummer, ich kann das nicht mehr hören, damit habe ich abgeschlossen, ich habe ihr verziehen, was sonst, sie ist meine Mutter. Die letzten Besuche bei ihr wurden von einer sehr tiefen Herzlichkeit getragen, sie lächelte mich an, küsste mich andauernd und umarmte mich, das hat mir als Kind so gefehlt. Ja, ich bin mit meiner Mutter im Reinen, das fühlt sich gut an. Von meinen Geschwistern habe ich letzte Nacht geträumt, das war schon sehr entlastend: Wir haben uns umarmt und einander vergeben, alle Kränkungen haben sich aufgelöst. Da tauchten Bilder auf, Bilder als Kinder beim Spiel im Schlosspark. Wir drei Geschwister hatten einfach Spaß! Es gibt sie, die Wunschträume!

Schön das zu hören! Wolltest du nicht frühzeitig sterben, um doch noch ein wenig Aufmerksamkeit zu erhaschen? Und – was ist mit den Frauen?

Oh, danke für deinen Zynismus, hätte ich fast vergessen! Der Suizid ist kein Thema mehr! Frauen, Beziehung, Liebe, vielleicht auch noch Familie gründen, das ist alles nur Stress. Ich halte das alles nicht mehr aus! In abhängigen Existenzräumen, wie es ernsthafte Beziehungen nun mal sind, da haben kreative Prozesse keine Entwicklungschance. Der Künstler muss frei sein von solchen Zwängen, er hat nur Verantwortung gegenüber der Kunst. Ein Kunstwerk kann nur dann gedeihen, wenn der Künstler die Freiheit hat, den Wahnsinn zu umarmen – bis zum Suizid - hätte ich jetzt fast gedacht.

In einem kleinbürgerlichen Familiennetzwerk kann man sich als Künstler nicht einmal mit Anstand und ohne schlechtes Gewissen umbringen. Obwohl ich schon zugeben muss, Familiengründung und die Begleitung von Kindern in ihr Leben ist das größte und schwierigste Kunstwerk - eine Plastik der besonderen ART, wie ich immer zu sagen pflege! So, jetzt habe ich alle Klischees bedient – oder?

„Oh, der Künstler, er hat sich umgebracht – na ja, Künstler sind ja meistens depressiv, haben ihr Leben nicht im Griff – war doch zu erwarten", werden sie betrunken lallen, diese Ignoranten, meist selbst depressiv und warten in ihren mit Hypotheken belasteten Mausoleen.

Familie gründen wäre aber eine Idee gewesen, dann brauchst du dich nicht durch deine Bilder zu reproduzieren, die ohnehin keiner kauft.

Sehr originell, ich lache mich kaputt.

Dann hättest du es hinter dir, mit einem Lächeln, diese Selbsttötungsvariante hast du noch nicht probiert.

Mach nur weiter so und überhaupt, ich dachte, du bist auf meiner Seite, stattdessen treibst du mich in den Tod, ein schöner Freund bist du – danke.

Deine Projektionen sind immer wieder erfrischend.

Ich sage dir jetzt noch einmal: Ich werde mich nicht umbringen, da staunst du, ja – damit hast du nicht gerechnet. Ich werde es mit Alexa probieren, das heißt, wenn sie es auch will, das ist doch klar. Meine Großmutter, die habe ich geliebt, nur dass du es weißt, sie ist der Grund, warum ich noch lebe.

Aber das weiß ich doch, sie hat dich sehr gemocht, sie hat dich immer gelobt und sie hatte immer Angst um dich,

was auf deine Mutter nicht zutraf. Und noch was: Den Ver-
gleich Alexa und Großmutter finde ich spannend.

Ja, ja, ja – genug gelacht!! Ich frage mich ganz was anderes: Was würde sein, wenn ich tot bin? Ich weiß es nicht, das macht mich unrund! Andererseits: muss ich alles wissen? Ich bin nicht perfekt, ich bin auch kein Künstler, auch kein besserer Mensch, ich bin ohne Identität, ich weiß nicht, wer ich bin, vielleicht ein Kämpfer, der versucht hat, jeden beschissenen Tag zu überstehen.

Überlebenskämpfer. Überleben? Wozu? Für den nächsten Tag, das nächste Bild, die nächste Pandemie, die nächste Kränkung? „Ihnen fehlt die Distanz", hat sie immer gesagt, meine Therapeutin. Und: „Werden Sie Ihr eigener Beobachter." Aber das bin ich doch, ich beobachte meine Bilder, sie sind mein Innenraum, sie sind das, was mich ausmacht. Die Sprache meiner Bilder trifft immer – mitten ins Herz – welche Distanz ist da noch möglich? So – bist du nun zufrieden?

Das kam ja direkt aus deinem Herzen!

Ein guter Hinweis. Ich wollte immer schon mit meinem Herzen ein Gespräch führen, ein herzliches Gespräch eben. Es hat mir so vieles zu erzählen – ich habe ihm nie zugehört.

Ja, das hast du nicht, du hast mir nie wirklich zugehört, selbst als ich schon im arhythmischen Takt auf dich einschlug, hast du nicht reagiert, hast mich immer und immer wieder gequält mit den Giften, die mich beinahe erstickten. Um mich wurde alles immer enger und enger, das Blut, dein Lebenssaft, fand kaum noch den Weg zu mir, das bisschen Sauerstoff, das mich versorgte, reichte kaum aus, mich und deinen Körper am Leben zu erhalten. Es kostete mich große Mühe, dein Lebenselixier durch die verstopften Blutgefäße zu

175

pumpen. Erst nach einem Trommelstakkato von über 190 Schlägen pro Minute hast du meinen Hilferuf ernst genommen. Aus Wut und Verzweiflung schlug ich um mich wie ein wilder Stier, der den Todesstoß erwartet, diesen Kampf haben wir beide fast verloren. Du wolltest mich ganz langsam und qualvoll sterben lassen. Vielleicht hätte ich deinem Verlangen nachgeben sollen, vielleicht hätte ich den Kampf beenden sollen. Ich spüre immer noch deinen Abschiedswillen, keinen Lebenswillen, ich spüre keine Zärtlichkeit und Fürsorge, die brauche ich, sonst kann ich dir meine Lebendigkeit nie mehr zeigen.

Jetzt ist er da, der Wahnsinn, ich höre mein Herz sprechen – gut, dann soll es sein: Bitte, verzeih, ich weiß, ich habe mit den Drogen meine Wut gegen dich gerichtet, ich dachte, die Drogen würden mein sinnloses Leben erträglich machen. Doch es waren nur kurze Momente der „Erleichterung", dann schlugen sie zurück, die Gifte der betäubenden Essenzen – sie schlugen ein auf dich - mein Herz… Es gibt keine Entschuldigung, keine Rechtfertigung für meine suizidale Lebensweise. Ich werde mit deiner Hilfe unsere Lebendigkeit neu beleben. *Leonardo* hatte Recht, wie so oft, als er in einem unserer vielen Gespräche sagte: „*Im Herzen, mein Freund, da sitzt die Seele, die Güte, das Mitgefühl. Jede Kränkung, die nicht aufgelöst wird, verhärtet es – nimmt dir die Freude am Leben!*"

Ich habe alle seine Weisheiten ignoriert. Wieviel Dummheit brauchte ich, um einsichtig zu werden?

Ich bin sehr erleichtert – willkommen im Leben!!

Ja, willkommen – was mache ich jetzt – ich suche Alexa, ich will mit ihr reden.

Das wird schwierig, wir haben Besuchsverbot. Und außerdem: Alexa ist nicht deine Krankenschwester!

Stimmt, muss ich mir jetzt die ganze Zeit deine Sprüche anhören?

Musst du nicht, aber ich finde es schön, wenn du deine Aufmerksamkeit deiner besseren Hälfte zuwendest – also mir, das würde uns beiden gut tun.

Was willst du eigentlich, du bist ohnehin immer präsent.

Zum Glück bin ich das, sonst wären deine Suizidversuche keine Versuche geblieben.

Erwartest du jetzt Dankbarkeit? Ich gehe jetzt zur Staffelei – die Kunst der Sublimation künstlerisch in Kunst zu verwandeln, das ist Lebenskunst.

Diesen Satz versteht niemand, aber Kunst muss man ja nicht verstehen.

Wieder einmal das letzte Wort, wie immer.

Du sagst es!

Manchmal glaube ich wirklich, ich bin ein schizoid-paranoid gefährdeter künstlerischer Volltrottel.

Man könnte auch sagen: ein Freitodakrobat mit einer guten Chance, ins Leben abzustürzen. Entspanne dich, lieber Gustav. Begegnungen unter Menschen erzeugen immer Irritationen, da der Mensch an sich noch eine evolutionäre Irritation ist, die sich durch „Fehlerhaftigkeit" offenbart. Diese „Fehlerhaftigkeit" befruchtet aber paradoxerweise das Leben durch Kreativität, nicht nur in der Kunst. Kreativität ist der Schlüssel zur Erkenntnis von komplexen Lebensprozessen – aber zu diesem Thema können wir einander ja zu einem späteren Zeitpunkt austauschen.

177

Schwester, Sie wissen nicht? Wie auch! Ach so, es schien mir so real, ich habe so viel erlebt im Koma. War ich tatsächlich im Koma? Es schien mir, als wäre ich die reine grenzenlose Bewusstheit, alles war so klar – aber es war eine andere Nähe, eine Einheit, ein noch nie erlebtes Gefühl. Wo ist der Freud? Ich bin doch Freud, ich war es doch immer, oder Schwester? Was ist mit mir passiert? Bin ich wieder zurück? Warum? Ich musste zurück. Sie, also, diese Engel, ich finde jetzt keinen passenderen Ausdruck, sie sagten mir, es sei noch nicht so weit, ich habe noch eine Aufgabe zu erfüllen im Dienste der Menschheit! Verstehen Sie, Schwester?

Ja, natürlich, Herr Freud, ich verstehe Sie sehr gut! Sie sollten jetzt ein wenig schlafen. Er glaubt tatsächlich Freud zu sein und das im Jahr 2020, er ist der siebente in diesem Jahr, armer Irrer!

Es war doch so schön! Immer diese Suche, dieser Kampf des EGOs, alles Kompensation – und wofür, Schwester? Für die Liebe, die verlorene, die nicht erfahrene? Es ist eine Wiederholung, ein Zwang, der Wunsch nach Vollendung dessen, was in der Ursprungsfamilie – in welcher Inkarnation auch immer - begonnen hat. Es ist alles so lange her, dabei hat sich so vieles ereignet und wir erkennen nur einen Bruchteil davon. Aber: in der grenzenlosen Bewusstheit ist alles aufgezeichnet, wir werden es erfahren, wenn wir unser „Gefängnis", ich meine unseren Körper, verlassen, verstehen Sie, Schwester?

Wir suchen den, der da sucht, aber es sind nur Gedanken, die da suchen. Ich war auch ein Verletzter, ein Suchender, verstehen Sie, Schwester, ich war kein besserer Mensch. Die Liebe ist immer in uns, aber es ist diese bedingungslose Liebe, nicht die begehrende, diese narzisstische, Sie wissen schon. Illusionen können nicht erfüllen, was immer schon in dir ist. Es geht auch, ohne an die Zukunft oder an die Vergangenheit zu denken. Das, was gerade da ist, kann gelebt, geliebt, getan werden, sonst nichts – ich habe es doch erlebt.

Nein, ich bin verrückt, nein, nein, ich bin nicht verrückt! Bitte, bitte, glauben Sie mir, Schwester, ich weiß doch, es ist sehr schwer zu verstehen, aber … wissen Sie, Schwester, es wird nie besser sein, das Wünschen, das Wollen, die Erwartung, die Identifikation mit einem Gefühl, das belastet uns doch nur.

Wissen Sie, Schwester, es gibt da so einen Glaubenssatz: Es ist jetzt nicht so, wie es sein soll, wäre es anders, so glauben wir, dann wäre es gut, wäre es vielleicht „Glück". Aber es ist nicht so, verstehen Sie? Solche Gedanken verursachen doch nur unnötiges Leid. Liebe das, was jetzt gerade ist, und wenn das nicht geht, dann liebe diese momentane Unfähigkeit.

Ach Gott, so einfach ist das! Alles ist so, wie es ist – ohne Bewertung – wir verstehen einander, Schwester, ich spüre das. Oder glauben Sie, ich habe das alles nur geträumt? Bin ich noch im Traum oder in einem weiteren Traum oder schon im „Leben"? Entspricht meine subjektive Wahrnehmung einer objektiven „Realität" oder ist sie eine Illusion, ein Produkt einer Spiegelung im Quantenhologramm? Das könnte die Kernfrage sein!

Wie real sind Sie, Schwester – oder ist diese Frage gar nicht mehr relevant? Nein, Schwester, gehen Sie nicht, natürlich sind Sie … es ist alles in Ordnung …, Sie wissen schon … alles sehr komplex … ja, genau! Es darf so sein, wie es ist, das komplexe, das dynamische, das nicht begreifbare Leben. Der Schleier der Illusion verschwindet, wenn ich die reine grenzenlose Bewusstheit dahinter entdecke, das habe ich erlebt – auf eine Art und Weise, die ich nur schwer erklären kann.

Schwester, nein, Sie denken – ich bitte Sie – nein, es waren keine Halluzinationen oder Bilder einer Psychose. Wussten sie, dass „unser normales" Wachbewusstsein nur eine besondere Art des Bewusstseins ist, während überall ringsum, von ihm nur durch feinste Schleier getrennt, potentielle Formen des Bewusstseins liegen, die ganz anders, deshalb jedoch nicht weniger real sind. Ich meine damit die grenzenlose Bewusstheit, verstehen Sie?

Aber, Schwester, das Faszinierendste an meinen Erlebnissen im Koma war der Umstand, dass ich immer das Gefühl hatte, eins mit dem ganzen Universum zu sein. Mein Körperbewusstsein erstreckte sich weit über die engen Grenzen meines Leibes, meines Geistes und meiner Seele hinaus und umfasste das ganze Universum.

Dieses Bewusstsein der Einheit, wurde mir dabei klar, ist die allen fühlenden Lebewesen innewohnende Natur – nur: wir beschränken unsere Wahrnehmung. Die Frage „Wer bin ich?" ist abhängig von den Grenzen, die ich für mich ziehe. „Wer bist du?" heißt doch „Wo ziehst du deine Grenzen?" Schwester, wenn wir unser SELBST erklären wollen, dann ziehen wir doch immer, ob wir es wollen oder nicht, im Geist eine Grenze über unser Erlebnisfeld, und alles, was innerhalb dieses Grenzbereiches liegt, bezeichnen wir als unser SELBST.

Wenn wir aber diese Begrenzungen überschreiten und die unbegrenzte grenzenlose Bewusstheit betreten, erfahren wir die Einheit mit allem – ohne Grenzen. Es gibt nicht die geringste Grundlage für die Spaltung zwischen Seele und Leib, Ich und Fleisch, aber gedanklich hat sich diese Vorstellung in unser Gehirn eingebrannt. Dieser Dualismus ist ein Dogma der westlichen Welt.

Kurzum, was der Mensch als seine Identität bezeichnet, umfasst nicht die Gesamtheit seiner Existenz, sie ist doch nur ein Teil von ihm, das, was sich als ICH manifestiert hat. Nur, Schwester, nur noch ganz kurz: Erkennt man das manifestierte ICH als eine Illusion, lösen sich alle störenden Gefühle auf.

Schwester, bitte, gehen Sie noch nicht, bleiben Sie doch noch, hören Sie mir bitte noch zu, nur ganz kurz: Ich habe so lange geschwiegen. Wir Menschen fragen uns doch immer wieder: Wer sind wir? Sind wir wirklich nur die Illusion einer Spiegelung von „Realität"? Ist das Leben tatsächlich nur ein Schauspiel, ein Drama, ein Puzzle von Ereignissen, eine Fiktion, wie Bilder, die auf eine Leinwand projiziert werden? Wer ist der Projektor? Ist das Leben ein Drehbuch, an dem wir alle schreiben, in dem wir uns Rollen zudenken, um unsere Nichtexistenz zu überschatten?

Die Erkenntnis meiner Forschungsreise lautet: Wir denken nur den Schmerz, das Leid, die Schuld, die Angst vor Leben und Tod. Wir können aber das reine Wohlgefühl, unsere Mitte erreichen, auch in der kurzen Zeit der Verkörperung. Der Körper ist doch nur ein temporäres Selbstmodell, eine Hülle, eine Zwischenstation, und der Tod ist das Tor in die Freiheit, in das ewige Leben. Das können wir angstfrei anerkennen! Schwester, ist das nicht fantastisch?

Unser Bewusstsein lebt weiter, ich habe es doch erlebt, auf eine andere Art, versteht sich, aber es lebt, es ist unsterblich. Ach Schwester, öffnen Sie sich, alle Menschen müssen sich öffnen! Auf dieser Erde leben wir in vertrauten Räumen, unsere Wahrnehmung wird durch unsere Sinnesorgane sehr beschränkt, selbst wenn wir schon fähig sind, subatomare Teilchen wie Quanten auszumachen, und tief in das Universum schauen können, sehen wir nur einen Bruchteil dessen, was wirklich ist.

Die ursprüngliche Existenz, die Quelle von allem, die Wirklichkeit, ist so viel mehr – glauben Sie mir, ich habe es erfahren. Wo sind sie, Alexa, Gustav, Conrad und wie sie alle heißen, ich muss ihnen das alles sagen, wir sind frei, wir sind die freie Illusion unserer Gedanken. Eine Spiegelung im Quantenhologramm, wir sind alles im grenzenlosen „Nichts".

Wir brauchen keine Begierden, alles ist in allem eingebunden, das ICH ist tatsächlich nur eine Konstruktion im Gehirn. Wir können, wenn die Zeit gekommen ist, durch den physischen Tod in das andere, in das heile, in das liebende, in das geistige Erleben eintreten, ohne Angst.

Aber, Schwester: Bis es so weit ist, können wir selbst in einer konstruierten Welt reifen und uns entfalten, hin zur wahren Menschlichkeit. Das irdische Leben ist nur eine von vielen Verwandlungsstufen. Sie lachen, Schwester, und ich weiß, was Sie denken, Sie haben Recht, es wird noch lange dauern, sehr lange, bis unsere Spezies sich tatsächlich als *Menschen* bezeichnen darf – aber: die Zeit wird kommen, dessen bin ich mir jetzt ganz sicher. Wir brauchen doch nur Vertrauen in die allumfassende Schöpfungskraft, so will ich sie vorerst mal nennen.

Wissen Sie, Schwester, auf der Suche nach meinem SELBST, meiner wahren Identität, meiner Wahrhaftigkeit habe ich diese Schöpfungskraft gefunden. Alles war von reiner, bedingungsloser Liebe getragen – unbeschreiblich schön! Natürlich, vorerst benötigen wir den Zugang zu unserer Selbstliebe, dann zur Liebe zu unseren Beziehungen, unseren ehrlichen Freundschaften, sonst nichts.

Ich habe die Welt ohne den Filter des irdischen Wachbewusstseins erlebt. Und jetzt bin ich wieder in meinen „Käfig" zurückgekehrt. Trotzdem, es ist so schön und so befreiend, dass ich diese Reise machen durfte. Wissen Sie, Schwester, in einer konstruierten Welt können nur konstruierte Geschichten entstehen. Darüber sollte mehr nachgedacht werden. Dazu werde ich sie alle einladen, ja, auch und vor allem die Skeptiker. Wir werden eine andere Sprache finden, andere Begrifflichkeiten, für den erweiterten Bewusstseinsraum. Dieses Bewusstseinsfeld wird zum Hafen einer kulturellen Kooperation, und es wird genetische Veränderungen bewirken. Dieser Überlebens-Darwinismus, wonach der Stärkere die Goldmedaille bekommt, ist doch eine gänzlich unsinnige Konzeption.

Eine neue Poesie des Lebens wird die morphologischen Felder so verändern, dass die Menschheit durch erweiterte Wahrnehmungsfähigkeiten die Wirklichkeit leichter erkennt.

Es werden neue Formen des Zusammenlebens entstehen, menschlichere Formen. Diese Formen sind ja morphogenetisch schon vorbestimmt, ich habe es erlebt – traumhaft wahr. Wir werden alle am Reichtum dieser Erde teilhaben, der sichtbaren wie der unsichtbaren. Niemand muss um Besitz und Macht streiten, der Kampf mit dem EGO kann aufgegeben werden, es war ein illusionärer Kampf.

Selbst in einer konstruierten Welt dürfen wir selbstlos lieben, dürfen wir uns über die Vielfalt dieser Welt freuen – wir müssen nichts zerstören. Teilen wird zur Freude, Sie werden es erleben, Schwester, in welchem Zustand auch immer, Sie verstehen? Was halten Sie davon, Schwester? Wunder, sagen Sie! Ja, es ist wie ein Wunder, eine Reise in spirituelle Welten, in die grenzenlose Bewusstheit, gleicht einem Wunder.

Die Poesie der Wahrhaftigkeit öffnet ihre Tore und die Sprachlosigkeit eröffnet die beglückende Kommunikation – einfach herrlich oder fraulich, wenn Ihnen das besser gefällt. Das poetische SELBST, getragen von einer neuen Sprache, wird Teil der heilenden Urkraft, führt uns zu Erkenntnis und Wahrhaftigkeit. Im ewigen Verwandlungsprozess ist es nicht mehr wichtig, ob wir im beschränkten irdischen Sinn sterbend, tot oder noch lebendig sind. Ich liebe diese Vergänglichkeit im Lebendigen – diesen Moment der Transformation hin zum spirituellen SEIN. Deshalb sollten wir anerkennen, dass unsere physische Identität ein wandelbarer Teil des Universums ist.

Wissen Sie, Schwester, ich habe so wunderbare Dinge erlebt! Ich schwebte von der Dunkelheit der Belastung in die Leichtigkeit des Lichtes, ich wurde zum Sehenden, im erweiterten Sinn. Ich habe das „Göttliche" in mir und um mich erlebt, ich kann es nicht anders benennen, es klingt verrückt, aber es ist wahr. Wir sind reisende Wesen, die als Zwischenstation das physische Leben gewählt haben. Wenn Sie so wollen, sucht die Seele immer wieder einen Körper, bis zur vollkommenen Entfaltung, so habe ich das erfahren. Wer könnte das verstehen?

Niemand kann solche Erlebnisse verstehen – außer er oder sie wagt den Sprung aus der eigenen Begrenztheit in eine grenzenlose „geistige Bewusstheit". Wissen Sie, Schwester, Menschen mit Nahtoderfahrungen, sie berichten uns alle von dieser wunderschönen Lebendigkeit in der geistigen, der grenzenlosen Bewusstheit. Was ich erlebt habe, ist die einzigartige Komplexität und Grenzenlosigkeit des Universums und dass die grenzenlose Bewusstheit die Basis ist von allem.

Und ich war ein Teil davon, ich war vollkommen integriert, sodass es keinen Unterschied mehr gab zwischen „mir" und dem Kosmos, durch den ich mich transformierte. Es war das Erlebnis der ICH-Losigkeit, diese Befreiung vom EGO-Tunnel und vom beschränkten Bewusstsein, das jeder Begrifflichkeit entbehrt – unglaublich! Ich erlebte eine unbeschreibliche raum- und zeitlose Größe und Weite, auf eine sehr spezielle – ja, spirituelle Art, so würde ich es jetzt ausdrücken.

Das Spannende daran ist: Diese grenzenlose Weite des Universums, dieser Ursprung der Lebenskraft, diese Lebendigkeit, sie ist ganz nahe bei uns, in uns. Es sind Erfahrungen auf einer anderen Schwingungsebene, tausendmillionenfach höhere Schwingungen, würde ich jetzt mal behaupten, ermöglichen Begegnungen und Wahrnehmungen, welche wir im EGO-Tunnel nie hätten. Ich befand mich in einem Zustand, in dem es keine Differenzierung mehr zwischen Verstehen und Erleben gab. Ich durfte erfahren, dass wir tatsächlich wesentlich mehr sind als „nur" Körper, dass es ein unbegreifliches „Leben" gibt.

Es ist immer JETZT. Und – vielleicht klingt das jetzt alles unverständlich und romantisch-kitschig, Schwester – ich erlebte die Liebe in ihrer Wahrhaftigkeit, alle Begegnungen waren voller Zuneigung und Wärme, jegliche Trennung schien aufgehoben. Ja, noch mal: Wir müssen wieder lieben lernen, bedingungslos, zuerst unser SELBST und dann all unsere Nächsten, Jesus hatte es schon gesagt, Schwester, so einfach könnte es sein.

Wir Menschen, wir brauchen doch nur eine Vereinbarung zu treffen, eine Vereinbarung, die besagt, dass wir einander mit Freundlichkeit, Liebe, Hoffnung, Respekt, Wertschätzung und Freude begegnen, dass wir einander Gesundheit und Lebenskraft ermöglichen, nicht nur wünschen. Das ist unsere Bestimmung, das ist das große Ziel, das ist der SINN des Lebens, ich habe es erfahren, ich habe es durch die Begegnung mit der „göttlichen" grenzenlosen Bewusstheit erlebt.

Wir können das qualvolle irdische Leid beenden. Menschlichkeit durch Vertrauen und Solidarität könnte wahr werden. Keine Kriege mehr, Teilen wird zur Freude. Sie schütteln den Kopf und denken sicher: *„Da ist bei der OP doch was schiefgelaufen"*, geben Sie es zu; ich verstehe das auch, ist ja in Ordnung, aber nur ganz kurz, ich erkläre es Ihnen gerne. Dazu ist es notwendig, dass wir uns Antworten auf ein paar Fragen geben.

Auf meiner Reise durch die grenzenlose Bewusstheit habe ich erfahren, dass absolut nichts unmöglich ist, dass alles auf eine nichtmaterielle Weise schon vorhanden ist. Durch die morphogenetischen Felder, da ist die Form der Entwicklung schon generiert oder vorbestimmt, können nun unsere Wünsche manifestiert werden. Das Geheimnis bei der Manifestation der Wünsche besteht in der emotionalen Wahrnehmung der Existenz unserer Wünsche, wenn sie dem Wohle der Gemeinschaft dienen, also die vielgepriesene Nachhaltigkeit erfüllen. Das Besondere meiner Reise im Koma war, dass alles Erlebte und alles Erfahrene von höchster Liebe und Zuneigung getragen wurden. Und genau in diesem Sinne sollten Wünsche eingefordert werden, wenn sie manifestiert werden sollen.

Ein weiterer Punkt ist die Frage: Sind wir wirklich frei von negativer Kritik, Abwertung und Demütigung anderen Lebewesen gegenüber und leben wir wirklich in Harmonie mit unserem Umfeld? Sind wir fähig, anderen Menschen vorurteilslos und mit Liebe zu begegnen, ohne den Blick auf ihre Unzulänglichkeiten zu richten? Solange wir das „Negative" im anderen fokussieren, hat sich unser EGO noch nicht vom eigenen Schatten gelöst, da leben wir immer noch in einer negativen Resonanz. Dieses Bearbeiten und Loslassen vom eigenen Schatten ist somit eine der Voraussetzungen für die Erfüllung unserer Wünsche. Suchen wir uns dazu, wenn es nicht anders geht, vertrauensvolle Menschen, die uns auf diesem Weg begleiten.

Sind wir dann so weit, dass wir in Liebe und Harmonie mit unserem Umfeld in Einklang sind, können wir mit

Achtsamkeit in der Meditation für die Erfüllung unserer Wünsche dankbar sein, wobei es nicht darauf ankommt, ob sie schon manifestiert sind oder nicht. Betrachten wir den Wunsch als erfüllte Tatsache, die aufgrund der uns innewohnenden Schöpfungskraft Gestalt annahm. Durch diesen Prozess wird unser Unbewusstes angeregt, an der Gestaltung mit zu wirken, die notwendigen Schritte einzuleiten. Wir warten nicht auf die göttliche Kraft von außen. Wir Menschen sollen an der Gestaltung unserer Umwelt durch Eigeninitiative und Eigenverantwortung teilhaben, wir dürfen diese Schöpfungskraft beanspruchen. Wir dürfen und sollen Freude, Glück, Zufriedenheit und Wohlstand für alle Menschen wünschen, und wir können dieses Ziel erreichen, für die ganze Menschheit.

Ja, Sie haben Recht Schwester: Wann es so weit sein wird, steht tatsächlich in den Sternen. Daraus ergibt sich die nächste Frage, der wir uns stellen sollten: Sind wir wirklich offen für grenzenlose Möglichkeiten, für die Potentialität aller Formen und alles Lebendigen? Wir leben in einem Universum der grenzenlosen Bewusstheit, in dem alle möglichen Existenzen vereint sind.

Da es keine Grenzen gibt, kann auch nichts außerhalb geschehen. Und da wir alle ja ein Teil dieser „göttlichen Bewusstheit" sind, sind wir auch allmächtig, allwissend im Hier und Jetzt. Wenn wir uns das immer wieder vergegenwärtigen, ist alles möglich.

Der intellektuelle wissenschaftliche Teil des EGO sucht immer wieder messbare und wiederholbare Antworten auf Ereignisse, für die es aber in einer reduziert denkenden Welt keine Erklärungen gibt. Nur wenn wir diese Hülle des EGO aufreißen, den EGO-Tunnel verlassen, haben wir eine Chance, unsere Wünsche zu manifestieren. Wir sind nicht mehr unserem Körper, unserer Umwelt und anderen Arten entfremdet. Wir Menschen, ja, wir alle, Sie, ich, die ganze Menschheit, sind wechselseitig miteinander verbunden.

Schwester, ist das alles nicht fantastisch? Vielleicht sollte ich doch einen Roman über die ILLUSION und die grenzenlose Bewusstheit schreiben. Der Liebe verpflichtet!

Es geht um Gewahrsein und Mitgefühl! Die Wut, der Hass, die Frustration, die Enttäuschung und die Angst werden erst dann aus unserer Welt verbannt sein, wenn wir fähig sind zu erkennen, zu verstehen, zu verzeihen, um wirklich lieben zu können. Jeder Einzelne von uns muss durch Meditation tief hinabsteigen, um die Schönheit der grenzenlosen Bewusstheit zu erfahren. Leben ist Liebe. Liebe ist die Basis des Lebendigen, sonst wird alles zerstört!

Wissen Sie, Schwester: Eine der Grundlagen für ein reichhaltiges und unbeschwertes Leben voller Liebe, Freude und Frieden ist nun mal die Vergebung oder das Verzeihen. Das „Nicht-vergeben-Können" zu heilen ist absolut notwendig für den Heilungsprozess der Menschheit. Wir fügen uns zu oft so viel Schaden zu, verbunden mit allen Arten von selbstzerstörerischen Gewohnheiten und Abhängigkeiten, sei es durch ungesundes Essen, Drogen oder anderes. Auch die Ausbeutung anderer Menschen ist selbstzerstörerisch. „Wir lassen sie verhungern" betitelt Jean Ziegler sein Buch über die Hungerkatastrophen auf dieser Erde. Gier nach Geld und Besitztümern, gekoppelt mit dem Wunsch, besser dazu-stehen, ist letztendlich auch selbstschädigend. Ich weiß, Schwester, Sie wissen genau, wie ich das meine.

Wissen Sie, manche Menschen glauben, sie müssen sich selbst schützen vor dem emotionalen Schmerz, indem sie arbeiten wie ein Tier, sie müssen sich immer kontrollieren oder ablenken, müssen immer beschäftigt sein, um sich vor der Wiederholung von schmerzhaften Erfahrungen zu schützen. Doch das Problem, Schwester, liegt ganz woanders. Es sind die Erinnerungen und die falschen Glaubensmuster, die aus diesen Erinnerungen resultieren, die die Menschen veranlassen, das zu tun, was sie tun. Aber die Erklärung, Schwester, liegt darin, dass wir nicht das tun, was der eigenen Wahrheit, dem WAHREN SELBST entspricht.

Trotzdem, Schwester, ich bin überzeugt, Menschen können sich verändern, sie können schädigende Glaubensmuster und Handlungen loslassen, die sie davon abhalten, ihre Träume, ihre Visionen, bezogen auf ihr Leben, zu gestalten. Menschen können sich dafür entscheiden, entweder die negativen inneren Bilder abzustellen oder jene zu heilen, die in der Täuschung durch das EGO verwurzelt sind. Sie sind Trugbilder einer falschen Selbstliebe, welche nur vorübergehend positive Gefühle erzeugen. Menschen können ihr Leben, wenn sie das wollen, in Wahrheit und Liebe verbringen und aus der Wahrheit in ihrem Herzen heraus handeln – ja, Schwester, davon bin ich überzeugt. Und – Gandhi hatte schon Recht: „Liebe ist wohl die demütigste Haltung, die einen Menschen auszeichnet!"

Wenn Menschen nicht mehr konstruktiv denken können, haben sie keine positive Energie und betrachten alles aus einer negativen Perspektive. Alles Negative hat seinen Ursprung in der Angst. Und Angst erzeugt Stress. Das falsche Glaubensmuster bringt uns dazu, Angst zu haben, wenn wir nicht Angst haben sollten. Nur: Schwester, was entsteht aus Angst? Es entsteht: Ärger, Traurigkeit, Depression, Manipulation, Unehrlichkeit, jede Straftat, die je begangen wurde. Ich sage Ihnen jetzt ein paar dieser ungesunden Glaubensmuster, die kennen wir alle: Ich bin nicht liebenswert, Ich bin unbedeutend. Ich mache Fehler oder ich bin hoffnungslos oder ich bin wertlos.

Schwester, kommen Ihnen diese Sprüche bekannt vor? Natürlich, ja, aber es sind Konstruktionen des EGOs, das SELBST bewertet so nicht! Ach, Schwester, was soll ich sagen, wie oft musste ich mir diese Abwertungen in meiner Praxis anhören. Solche Sätze verwehren aber den Zugang zum wahren Leben, einem Leben, das wir gerne leben würden.

Deshalb, Schwester, müssen wir den Menschen da draußen noch so vieles sagen, das ist wirklich wichtig: Sie alle sind liebenswert und bedeutend, sie sind Wesenheiten von hohem Wert, eingebunden und verbunden mit allem. Habt Hoffnung und Vertrauen in Eure Zukunft, wunderbare Dinge warten auf euch! Eure Zukunft ist nicht an Vergangenes gebunden. Ihr seid frei, ja, ihr habt einen freien Willen. Ihr könnt immer wieder lernen und wachsen. Ihr dürft euch selbst und alles Leben lieben, und vergesst bitte nicht: Verzeiht bitte allen Menschen, die Euch Leid zugefügt haben, und verzeiht auch Euch selbst, ihr habt alles richtig gemacht.

Ich bin jetzt überzeugt, Ihr bekommt alle guten Dinge, die mit Eurer Wahrheit, Eurer Liebe und der grenzenlosen Bewusstheit übereinstimmen. Niemand muss versuchen, anders zu sein, nur um geliebt zu werden. Ihr alle habt die Fähigkeit, mit Demut und Gelassenheit eure Aufgaben zu erfüllen; selbstbestimmend und verantwortungsvoll. Denn Ihr seid auch spirituelle Wesen – und, aus einer spirituellen Perspektive schaut die Welt ganz anders aus, Ihr werdet es erleben!

Ich habe jetzt die Gewissheit: Mein Leben geht weiter, auch nach meinem physischen Tod, in einer anderen Form, mein Bewusstsein ist unsterblich!

Dzelardini: Zurzeit wird das Internet von großen kapitalistisch organisierten Multis beherrscht. Wird sich das ändern?

Laszlo: Natürlich! Stellen Sie sich vor, Frau Dzelardini, wenn kaum jemand mehr bei den großen Internet-Playern Werbung bestellt oder einkauft oder postet, dann löst sich das Problem von selbst. Der Zugang zum Internet wird für jeden Mann/jede Frau kostenfrei. Die Jugend kann daher ihr eigenes Netz aufbauen: Alles wird geteilt! Die Welt wird ein offenes, transparentes System. Wachstum findet nur mehr in der Breite statt, indem Videos oder erneuerbare Energie geteilt und weitergegeben werden. Mit 3D-Druckern können die Menschen viele Produkte zu Hause herstellen, so wie sie gebraucht werden, einfach nur auf Basis einer digitalen Blaupause. Selbst Fahrzeuge und Häuser werden in Zukunft bereits mittels 3D-Druckern hergestellt!

Dzelardini: Gut, aber was geschieht, wenn diese neuen kooperativen Gemeinschaften als kommerzielle Unternehmen betrieben werden? Führt das nicht im Zweifelsfall zu einem noch extremeren Konsum- und Finanzkapitalismus, mit einer neuen technischen Elite, die sich dann auf Kosten aller bereichert?

Laszlo: Das kann nicht mehr geschehen, denn es wird keine Geldwirtschaft mehr geben. Kommen wir daher gleich zum Thema der geldlosen Gesellschaft: Zunächst ist zu sagen, dass eine geldlose Gesellschaft gar keine Utopie mehr ist. Sie hat ja auch vor ca. 160.000 Jahren die meiste Zeit nachhaltig funktioniert, als der Homo sapiens auf der Erde das Gehen erlernte. Es muss einfach verstanden werden, dass wir auf unserem Planeten prinzipiell keinerlei materiellen Mangel haben. Wir können zwölf Milliarden Menschen locker ernähren, die Ressourcen sind ja vorhanden. Wie schon erwähnt, es geht nur um die Umverteilung. Jeder Mensch leistet in Zukunft seinen Beitrag zwecks persönlicher Entwicklung und einer nachhaltigen Entwicklung für das Allgemeinwohl. Ein Satz von Verfassungsrang!

Dzelardini: Ist denn die geldlose Gesellschaft tatsächlich die Befreiung von der Dominanz durch das Finanzsystem? Und ist sie überhaupt eine gewünschte Utopie?

Laszlo: Wie soll ich sagen? Das kapitalistische System produziert heute enorme Warenmengen – oft unnötige – aber gleichzeitig ist es nur marginal geglückt, die damit verbundene Lohnarbeit befriedigend zu gestalten. Nämlich so zu gestalten, dass sie auch freiwillig und mit Freude ausgeführt wird.

In diesem Zusammenhang muss ich noch die Sklaverei erwähnen. Sklaverei ist leider kein Horrorrelikt aus der Vergangenheit. Bis heute werden über 35 Millionen Menschen weltweit gezwungen, fast gratis zu schuften, sanktioniert von ihren Regierungen. Diese *modernen Sklaven* nähen Kleider, bauen unsere Handys zusammen, die wir in den USA und auch Ihr in Europa kaufen. Den Profit macht nicht die Erzeugerin.

Diese Daten können sie alle im Global Slavery Index nachlesen. Untersucht wurde die Sklavenarbeit in mehr als 160 Ländern. Ja, da staunen Sie, Frau Dzelardini, mir ging es genauso! Wo bleibt hier der Aufschrei der Regierungen?

Was sind aber die Folgen von entwürdigender Arbeit? Die Zahlen von Depression und Burnout auf Grund von verlorenem Lebenssinn explodierten ja förmlich seit Beginn des Jahrhunderts. Gewinner war doch nur die Pharmaindustrie. Jegliche Lohnarbeit muss heute aus einer existenziellen Notwendigkeit und nicht auf Grund einer Berufung ausgeführt werden. Außerdem trägt die Lohnarbeit zur Auf- beziehungsweise Abwertung der Menschen und ihrer erbrachten Leistung bei. Wer mehr Lohn bekommt, wird nach gängiger Ansicht als „wertvoller" angesehen. Die Boni der Manager versteht doch keiner mehr, der täglich hart arbeitet!

Dzelardini: Sicher, ein großes Thema! Wie leisten dann die Menschen einer geldlosen Gesellschaft freiwillig ihren Beitrag, um nicht gleichzeitig zu viele Konsumgüter für sich selbst zu beanspruchen?

Laszlo: Wir werden folgende Erfahrung machen; SozialwissenschaftlerInnen sind sich da einig: Wenn sämtliche Konsumgüter, die für das Leben benötigt werden, für jeden Menschen verfügbar sind, dann trägt überdurchschnittlicher Besitz auch nichts zum sozialen Prestige bei. Verkaufen geht ja ohne Geldwirtschaft auch nicht mehr. Die Menschen werden aber motiviert, von sich heraus ihren Beitrag zu leisten. Gibst du mir, gebe ich dir, vereinfacht gesagt. Noch ein positiver „Nebeneffekt" der geldlosen Gesellschaft wird sein: das rapide Absinken der Kriminalitätsrate. Es wird kaum mehr Eigentumsdelikte geben!

Dzelardini: Verstehe! Und die Motivation etwas zu tun ohne finanzielle Entlohnung, wie wird das …?

Laszlo: Die Motivation zur Arbeitsleistung kommt, wie gesagt, aus dem Wunsch, sich an Projekten zu beteiligen, welche im Einklang mit dem neuen Weltbild, mit dem neuen Bewusstsein stehen, etwas Positives für die Gemeinschaft und die Umwelt bewirken zu wollen. Der Sinn einer Tätigkeit besteht auch darin, dass sie Freude bereiten soll. In Folge wird auch ein Stück Lebenssinn erkannt und gelebt, ganz einfach! Der „Lohn" ist nicht mehr Geld oder Konsum, sondern Anerkennung, Zuwendung und Freundschaft in der sozialen Gemeinschaft, mit dem Wissen, dass alle füreinander da sind. Es geht nur durch Miteinander und Füreinander! Die Ko-Evolution ist ja nichts Neues, die geglückte Umsetzung im 21. Jahrhundert wird neu sein.

Frau Dzelardini, Sie schütteln den Kopf, aber ist doch so: In einer geldbestimmten Welt bieten die Menschen ihre produzierten Waren und Dienstleistungen jenen an, die dafür das meiste Geld auf den Tisch legen, ist doch so. Wer über genügend Geld verfügt, bestimmt, wie viel von welchem Produkt für wen produziert wird und wer dafür welche Entlohnung bekommt. Ein klarer Fall von Fremdbestimmung!

Der Marktwert der Lohnarbeit richtet sich nicht danach, wie hoch die erbrachte Leistung tatsächlich ist, sondern wie sehr diese dem Unternehmer zu noch mehr Profit und Macht verhilft. Die Unternehmer sprechen dann oft in gönnerhafter Weise von Arbeitsplatzbeschaffung, als wäre Ausbeutung eine soziale Geste.

Hingegen in einer geldlosen Gemeinschaft bieten nun die Menschen ihre Waren und Dienstleistungen vor allem jenen an, die sie auch brauchen oder deren Gegenleistung sie dadurch belohnen wollen, ohne Geld, versteht sich. In verantwortungsvolle Positionen gelangen dann nicht Leute, die sich davon ein hohes Einkommen versprechen, sondern jene, die genügend andere davon überzeugen können, mit ihren Fähigkeiten genau in dieser Position durch ihre Berufung am besten für das Gemeinwohl beitragen zu können. Klingt gut, wird aber zugegeben sehr komplex in der Umsetzung werden. In der geldlosen Gesellschaft werden wir einige Hürden zu nehmen haben: Unangenehme Arbeiten oder Schwerarbeit erledigen KI-Roboter, wir bauen diese Roboter, weil es Sinn macht und für alle eine Entlastung ist.

Trotzdem bleiben noch genug Tätigkeiten, die in der Geldwirtschaft keine hohe Anerkennung haben und für die noch keine geeigneten Roboter zur Verfügung stehen: Manche Reinigungsarbeiten oder Dienstleistungen wie Pflegedienste etc. werden durch das Rotationsprinzip gelöst.

Diese Menschen werden besonders wertgeschätzt, bekommen auch besondere Zuwendungen und – was ganz wesentlich sein wird – jeder junge Mensch muss ein sogenanntes Sozialjahr absolvieren, einen Dienst für die Allgemeinheit. Jeder wird mal putzen oder jemanden Bedürftigen pflegen, das stärkt auch das soziale Bewusstsein.

Und noch etwas Wesentliches: Durch den Wegfall des Geldes wird auch die Cyberkriminalität stark zurückgehen. Bedenken Sie, Frau Dzelardini, wir können heute in der digitalen Welt kaum noch die Wahrheit von der Unwahrheit bzw. die Realität von der Fiktion unterscheiden. Vor allem wird ein Großteil der Informationen gezielt verfälscht, um Nutzer zum Kauf eines bestimmten Produktes zu manipulieren. Über die digitale Problematik habe ich ja schon ein paar Worte gesagt. Nur noch so viel: Ähnlich wie die Qualität der angebotenen Informationen im Internet kann auch der Schutz der

Identität und Authentizität eines Anwenders, z. B. durch biometrische Verfahren, nicht mehr gewährleistet werden. Unser gesamtes Wirtschafts- und Rechtssystem basiert aber auf der Fähigkeit, Menschen als unverwechselbare Individuen zu erkennen und zu authentifizieren. Cyberkriminelle und Geheimdienste – man kann sie nicht mehr voneinander unterscheiden. Sogar Staatspräsidenten können heute ungestraft Verbrechen an der Menschheit begehen.

Durch den Wegfall von Privatbesitz im großen Stil und Geldwirtschaft wird das Motiv für Eigentumsdelikte stark reduziert. Durch den Wegfall des Geldes werden auch viele Arbeiten überflüssig. Sämtliche Jobs in der Finanzbranche, Buchhaltung, Verwaltung, Eintreibung und Verteilung von Steuergeldern und Sozialabgaben werden überflüssig. Ebenso werden Werbung und Marketing überflüssig, da keine Produkte mehr zum Kauf angeboten werden müssen. Sehr wohl gibt es Informationsportale über sinnvolle Produkte zum Tauschen, Leihen oder Teilen.

Niemand muss sich mit der Sicherung von Patentrechten herumschlagen, da alle Ideen und Informationen untereinander geteilt werden, so dass bei Forschung und Entwicklung Synergie und uneingeschränkte Kooperation entstehen können – ohne Konkurrenzneid. Dadurch wird automatisch gewährleistet, dass sich stets die allerbesten Konzepte zum Wohle der Gemeinschaft durchsetzen.

Dzelardini: Frau Prof. Laszlo, ich möchte mich für Ihre Zeit und dieses Interview bedanken – ich und unsere ZuseherInnen müssen das alles erst mal verdauen.

Laszlo: Bitte, gerne, einen Satz möchte ich Ihnen noch mitgeben: Ein großer Teil der WeltenbürgerInnen wird erkennen: Die Menschheit hat erst gewonnen, wenn unter den Menschen niemand mehr den Zwang verspürt, Gewinner sein zu müssen. Melden Sie sich wieder einmal, es war mir ein Vergnügen – und: Freuen Sie sich auf Ihre Zukunft, denn Sie haben eine! Und vergessen Sie nicht: Das Manifest ist der Leitfaden für die Zukunft der Menschheit!

Dzelardini: Danke, wir blenden es nochmals ein! Ich bedanke mich bei allen Gästen und ganz besonders bei allen Zuseherinnen und Zusehern ganz herzlich! Bleiben Sie gesund und nachdenklich!

Manifest:

Die 10 Angebote für ein Überleben der Menschheit!

1. Wir Menschen lehnen Folter, Gewalt und Tötung von Mitmenschen und anderen Lebewesen ab.

2. Wir Menschen lehnen Missachtung, Bedrohung und Einschüchterung von Mitmenschen ab.

3. Wir Menschen lehnen ab, dass Mitmenschen auf Grund ihrer Hautfarbe, Herkunft, Religion oder sexuellen Orientierung diskriminiert oder verfolgt werden.

4. Wir Menschen lehnen ab, dass Mitmenschen durch Abhängigkeit Ausnützung ihrer Arbeitskraft erfahren.

5. Wir Menschen fordern das Recht auf Freiheit, Frieden, Gerechtigkeit und Solidarität.

6. Wir Menschen fordern das Recht auf Gleichberechtigung, Umverteilung der Güter dieser Erde und ein menschenwürdiges Leben für alle.

7. Wir Menschen fordern das Recht auf kostenfreie Nahrung, auf kostenfreies Wohnen und auf ein selbstbestimmtes Leben an jedem Ort dieser Erde.

8. Wir Menschen verpflichten uns, einander durch Mitgefühl, Zuwendung und Kooperation zu unterstützen, um jeden Ort dieser Erde, frei von Grenzen und Nationalstaaten, lebenswert zu gestalten.

9. Wir Menschen verpflichten uns, auf Augenhöhe entsprechend unseren Anlagen einen Beitrag zur Erhaltung einer friedvollen Gemeinschaft zu leisten.

10. Wir Menschen verpflichten uns, dass jegliches Handeln und Denken dem Wohle der Gemeinschaft dient, in dem Streben, Schaden an Mitmenschen und der Umwelt abzuwenden.

Peter Zimmermann

Jahrgang 1954, lebt in Wien, Therapeut, Berater, Autor. Die Lebensstationen von Peter Zimmermann: Seine ersten Interessen galten der Atomenergietechnik, der Informatik; gefolgt von der bildenden Kunst hin zur Kunst- und Gestaltungstherapie, Supervision und Coaching; über Erkenntnisse der Quantenphysik und Quantenharmonie-Ausbildung folgt eine Annäherung an spirituelle Prozesse durch geistige und energetische Heilunterstützung nach Horst Krohne; die Zukunftsforschung ist weiteres Interessensgebiet.

Als Autor und Selfpublisher hat er Romane und Sachbücher veröffentlicht (Romane: *Apokalypse,* 2015, bod; ALISYA-Unsterblich, 2018, bod);

www.alisya-roman.com